Kontaktadresse nach EU-Produktsicherheitsverordnung:
produktsicherheit@droemer-knaur.de

Über die Autorin:
Jule Vesterlund ist das Pseudonym der Autorin Anja Behn. Neben ihrer Leidenschaft für Küstenkrimis widmet sie sich auch dem Schreiben von gefühlvollen Liebesromanen. Als waschechte Rostockerin liegt es für sie auf der Hand, dass die Wahl ihrer Settings auf die mecklenburgische Ostseeküste fällt. »Wolkenblau« – ihr Erstling bei feelings – spielt vor der romantischen Kulisse Hiddensees.

Jule Vesterlund

Wolkenblau – Eine Liebe auf Hiddensee

Roman

Bitte besuchen Sie uns im Internet:
www.facebook.de/feelings.ebooks

© 2016 Verlagsgruppe Droemer Knaur GmbH & Co. KG, München.
© 2016 der eBook-Ausgabe Feelings – emotional eBooks
Ein Imprint der Verlagsgruppe Droemer Knaur GmbH & Co. KG, München.
Alle Rechte vorbehalten. Das Werk darf – auch teilweise – nur mit
Genehmigung des Verlags wiedergegeben werden.
Redaktion: Ulla Mothes
Covergestaltung: ZERO Werbeagentur, München
Coverabbildung: © FinePic®, München
Dieses Werk wurde bereits unter demselben Titel
im Selfpublishing bei neobooks veröffentlicht.
Alle Örtlichkeiten und die dort arbeitenden Personen sind frei erfunden.
Printed in Germany
ISBN 978-3-426-21592-0

3 5 4 2

1

Sie war wieder hier. Endlich! Der vertraute Duft von feuchtem Holz und angespültem Tang schlug ihr entgegen, als sie die ächzende Seitentür des kleinen Kiosks aufstieß. Durch die schmalen Ritzen der Holzverkleidung schimmerte der helle Morgen des ersten sonnigen Frühlingstages und tauchte den Raum in ein weiches Licht. Aufgewirbelte Staubkörner tanzten in der modrigen Luft. Langsam humpelte sie über die knarrenden Holzbohlen, verdrängte den stechenden Schmerz in ihrem Knie. Es gab so viel zu tun. Nach den langen Wintermonaten waren ihre Glieder steif. Eingerostet, wie sie zu sagen pflegte. Das Nichtstun in der dunklen Jahreszeit bekam ihr nicht. Die Hände reglos in den Schoß zu legen und stumm in das prasselnde Kaminfeuer zu starren, deprimierte sie. Ihr fehlte die Arbeit im Kiosk. Auch wenn ihre Tochter jeden Tag in ihrem kleinen reetgedeckten Haus vorbeischaute und sie mit Wolle, Rätselheften und Liebesromanen versorgte, erdrückte sie die Eintönigkeit des langen Winters. Sie brauchte Menschen um sich herum. Lachende, streitende, glückliche Urlauber. Nicht die zänkischen Weibsbilder im Rentnerklub, zu denen ihr Sohn sie jeden Mittwochnachmittag zerren wollte. Das hier war ihr Leben. Seit sechsundzwanzig Jahren öffnete sie ihren Kiosk am Schaproder Hafen. Von Anfang April bis Ende Oktober. Sieben Tage die Woche. Von morgens um acht bis Viertel vor neun, wenn die letzte Fähre nach Hiddensee übersetzte. Doch erst einmal brauchte sie mehr Licht. Suchend tastete sie nach dem Beschlag an den Holzläden und fühlte das kalte rostige Metall in ihren Händen. Mit ganzer Kraft schob sie den Riegel nach links, bis er krachend zurücksprang. Sie drückte die steifen Hände flach gegen das feuchte Holz und klappte die Läden schwungvoll nach außen. Wie schmerzhaft hatte sie diesen Anblick vermisst! Die Wellen, die sich steil aus dem Bodden emporhoben und in schneeweißen Schaumkronen brachen, das Sonnenlicht, das glitzernd über die Wasseroberfläche fiel, die Möwen, die kreischend in das graublaue Wasser stürzten, und die Insel, deren dunkle Kiefern am Horizont stolz in den wolkenlosen Himmel ragten. Sie war wieder hier.

Neugierig drehte sie den Kopf zum Fähranleger. Die »Blaue Anna« lag verschlafen und fest vertäut im Hafenbecken. Knut war nirgends zu sehen. In zwei Stunden würde er mit der Fähre die ersten Gäste nach Hiddensee bringen. Zu dieser Jahreszeit blieben die hektischen Tagestouristen, die ziellos über das Eiland streiften, noch aus. Wer jetzt die Insel besuchte, kam meist allein und mit einem Haufen ungelöster Probleme im Gepäck. Nicht selten waren diese Reisenden der Meinung: Ein paar Tage am Meer, und der Kopf ist frei. Doch der einsame, menschenleere Strand und das wechselnde Blau des endlosen Himmels schrieben ihren eigenen Rhythmus, und aus dem geplanten Wochenende wurde mitunter eine Woche oder mehr. Aber nicht alle suchten Zerstreuung. Immer wieder zog es die Menschen auch zum Arbeiten nach Hiddensee. Wie die beiden Wissenschaftler oben am Leuchtturm Dornbusch, von denen Knut ihr gestern Abend erzählt hatte. Vor vierzehn Tagen waren sie aus Stralsund angereist, zahllose Koffer mit technischer Ausrüstung dabei. Die Forschungsstation des Meeresmuseums wurde im Winter nicht genutzt, sie war nicht beheizbar. Doch mit den ersten Sonnenstrahlen bezogen die Mitarbeiter des Ozeaneums regelmäßig die alte Finnhütte an der Nordspitze.

Sie wandte sich ab und griff geschäftig nach dem Putzzeug, das ihr Sohn vor ein paar Tagen mit seinem Pick-up vorbeigebracht hatte. Bis der Lkw vom Großhandel eintreffen und die Ware für die neue Saison anliefern würde, musste alles sauber sein. Sie hängte ihren Steppmantel an die Tür, streifte die gelben Gummihandschuhe über und machte sich an die Arbeit. Mit dem Besen kehrte sie den feinen Sand zusammen, den die heftigen Herbststürme durch die Ritzen hereingeweht hatten, fegte die Spinnengewebe ab, die kunstvoll in den Ecken hingen, wischte die alten Holzregale und die abgewetzte Ladentheke sauber. Allmählich erwachte der Kiosk aus seinem Winterschlaf. Das zaghafte Klopfen hörte sie nicht, nur der Schatten, der lautlos über die weiße Holzverkleidung huschte, ließ sie hochfahren.

»Tut mir leid, wenn ich Sie erschreckt habe.«

Unsicher blickte eine junge Frau mit Sonnenbrille durch das offene Kioskfenster. Das dunkelblonde Haar, das unter ihrer groben Strickmütze hervorlugte, schimmerte im hellen Morgenlicht eine Spur rötlich. Ihre Augen waren durch die großen schwarzen Gläser nicht auszumachen, doch das leichte Zucken um die Mundwinkel verriet ihre Unentschlossenheit.

»Ich bin auf der Suche nach dem Ticketschalter für die Fähre. Können Sie mir sagen, wo ich den finde?«

Neugierig trat die Kioskbesitzerin näher an die Ladentheke und musterte die junge Frau prüfend von oben bis unten. Das lindgrüne Seidentuch, das sie um ihren Hals geschlungen hatte, flatterte leicht im kühlen Wind und ließ ihre blasse Haut noch bleicher erscheinen. Unter einem roten Trenchcoat schauten ihre langen Beine in hauchdünnen Strümpfen hervor, die hochhackigen Pumps passten farblich zu ihrem Mantel.

Hoffentlich würde ihr glänzender Hartschalenkoffer noch etwas wärmere Kleidung für die Insel bereithalten!

»Bis die Hauptsaison beginnt, können Sie die Fahrkarte auch bei Knut auf der Fähre erwerben. Unser Schalter hat so früh noch geschlossen.«

Mit dem Kinn deutete sie in Richtung des weiß verputzten Gebäudes gleich neben dem Anleger, vor dem sich mittlerweile ein paar Leute tummelten. Die junge Frau hob den Kopf und folgte ihrem Blick. Ein paar Sekunden starrte sie verwirrt auf das Fährhaus, als könnte sie kaum begreifen, was sie da hörte. In der Großstadt, aus der sie unübersehbar kam, bedeutete geschlossen wahrscheinlich bankrott.

»Verstehe.« Ihre Stimme klang enttäuscht. »Ich hatte gehofft, dort einen Kaffee zu bekommen.«

Gedankenverloren rüttelte sie am Gestänge ihres Koffers und wandte sich zum Gehen.

»Nun ja, offiziell öffne ich erst morgen, aber einen Kaffee können Sie trotzdem haben.« Die Kioskbesitzerin griff nach dem Weidenkorb unter der Theke und holte eine blaue Thermoskanne hervor.

Ein dankbares Lächeln umspielte die Mundwinkel der jungen Frau. »Sie wissen, dass Sie mir damit das Leben retten«, sagte sie erleichtert und nahm ihre Sonnenbrille ab.

Sie war eine schöne Frau. Ihre alabasterfarbene Haut schimmerte samten in dem hellen Licht, doch ihre blaugrauen Augen waren gerötet. Sie hatte geweint.

Geräuschvoll plätscherte der heiße Kaffee in den braunen Plastikbecher. Sein würziges Aroma durchzog die salzige, nach Fisch riechende Luft, die vom Bodden herüberwehte. Dankbar umfasste die Frau in dem roten Trenchcoat den warmen Becher und pustete vorsichtig hinein, bevor sie den ersten

Schluck nahm. »Vielen Dank! Den habe ich jetzt wirklich gebraucht.«

Die alte Frau nickte verständnisvoll. In den drei Jahrzehnten, seitdem sie hier Eis, Getränke und Zeitungen verkaufte, hatte sie schon so manchen mit dem braunen Gebräu glücklich gemacht.

»Werden Sie länger auf Hiddensee bleiben?«, fragte sie neugierig, während sie über den Inhalt des Hartschalenkoffers spekulierte.

In dem Gesicht der jungen Frau wich der weiche Zug wieder dem gehetzten, unentschlossenen Ausdruck, mit dem sie vor ein paar Minuten durch das Kioskfenster geblickt hatte. Sie schluckte und schaute zögernd zur »Blauen Anna«, auf der Knut inzwischen im breitesten Platt die ersten Passagiere begrüßte. »Ich weiß noch nicht einmal, ob ich übersetzen soll.«

Lächelnd schraubte die Kioskbesitzerin den Deckel der Thermoskanne fest und schaute die junge Frau eindringlich an. »Fahren Sie. Die Insel nimmt Ihnen die Entscheidung ab. Wenn Sie drüben sind, werden Sie eine Antwort auf alles finden. Was haben Sie schon zu verlieren? Die nächste Fähre zurück geht um elf.« Behutsam legte sie ihre faltige, knöcherne Hand auf die der jungen Frau. »Und ich bin immer hier und warte mit Kaffee auf Sie.«

2

Die hohen, schlanken Kiefern warfen im hellen Sonnenlicht bizarre Muster auf den grauen Plattenweg. Über die Dünen drang laut das Rauschen der Ostsee herüber, wofür Paula dankbar war. Denn das metallische Klacken ihrer Pumps auf den porösen Steinen vermittelte ihr das Gefühl, dass sie ein störender Eindringling war, der die Idylle der Insel durchbrach. Als sie mit dem Mietwagen in aller Herrgottsfrühe in Hamburg aufgebrochen war, hatte sie über ihre Garderobe nicht weiter nachgedacht. Sie hatte einfach das in den Koffer getan, was in ihrem Kleiderschrank obenauf lag, hatte eilig ihren Mantel gegriffen und war in die Pumps geschlüpft, die am dichtesten an der Eingangstür standen. Sie wollte nur weg. Alles hinter sich lassen. Die Stadt, ihren Job, ihren Chef. Und die Enttäuschung, mit der sie jetzt leben musste.

Die Frau vom Kiosk hatte recht, die Insel nahm ihr die Entscheidung ab. Auf der Autofahrt hatten Paula noch heftige Gewissensbisse geplagt, dass sie sich klammheimlich seiner Kreditkarte bedient und die Unterkunft gebucht hatte. Doch als sie vorhin unschlüssig am Hafen herumgestanden und neidisch die Bilderbuchfamilie mit Zwillingen und braunem Labrador beobachtet hatte, die bei Knut Fahrscheine für die Rückreise kaufte, war die Wut wieder hochgekocht. Sie war jetzt sechsunddreißig und hatte in den letzten fünf Jahren all ihre Träume hinten angestellt. Verschenkt an einen treulosen, verheirateten Liebhaber. Sie würde bleiben.

Trotzig zerrte sie an ihrem Koffer und stakste unbeholfen den Plattenweg weiter. Er würde den Verlust auf seinem Bankkonto verschmerzen, wenn er die Buchung überhaupt bemerkte. Der Name eines Hotels mehr oder weniger auf seiner Abrechnung dürfte kaum auffallen, dessen war sie sich inzwischen sicher. Nicht sie sollte sich schlecht fühlen, sondern er.

An einer schmalen Abzweigung blieb Paula stehen und schaute sich unschlüssig um. »Immer geradeaus, bis der Weg sich gabelt, und dann links. Ist nicht zu verfehlen«, hatte Knut bereitwillig erklärt, als sie sich beim Verlassen der Fähre nach der Pension »Dünenrose« in Kloster erkundigt hatte. Doch stand sie bereits an der Gabelung, von der er sprach? Bedeutete *gabeln* in Mecklenburg-Vorpommern das Gleiche wie in Hamburg? Keine Hinweisschilder, keine Menschenseele, nur das graue Pflaster, rauschende Kiefern und der endlos blaue Himmel über ihr. Was hatte sie sich bloß dabei gedacht, auf eine autofreie Insel zu flüchten?

Genervt setzte Paula sich auf ihren Koffer, nahm die Sonnenbrille ab und zog das Smartphone aus der Manteltasche. Auf dem Display drei Kurzmitteilungen. Die ersten beiden stammten von ihm, die dritte von ihrem Vater. Sie ignorierte Nummer eins und zwei und drückte auf die letzte: *Ich habe deinen Untermieter mit zu mir genommen. Er fühlte sich einsam ohne dich. Papa.* Ein Schmunzeln huschte über ihr Gesicht. Sie hatte ihrem Vater heute früh um vier einen Zettel an die Haustür gepinnt: *Muss für ein paar Tage verreisen. Füttere bitte den Kater. Kuss Paula.* Das mit der Katzenpflege übernahm er stets, wenn sie dienstlich verreisen musste. Oder wollte. Er hatte einen Schlüssel zu ihrer Wohnung und kümmerte sich aufopferungsvoll um ihren haarigen Mitbewohner, der sie nach jeder Rückkehr tagelang keines Blickes würdigte. Nur der Zettel an der Tür war neu. Aber sie wollte dem Ich-habe-es-dir-doch-gesagt-Blick ihres Vaters am frühen Morgen ausweichen. Ihre Liebe zu Jan war von Anfang an ein heikles

Thema zwischen ihnen, und sie konnte das sogar ein wenig verstehen. Leute seiner Generation hatten andere Vorstellungen von einer glücklichen Beziehung zwischen Mann und Frau. Doch ihr Vater musste gespürt haben, dass etwas vorgefallen und die Dauer ihrer Reise ungewiss war, darum hatte er den Kater zu sich geholt. Wer sich hier wohl einsam fühlte, ging ihr durch den Kopf.

Sie schloss seine Nachricht und scrollte wieder zu der ersten von Jan: *Sehen wir uns morgen? Gleiche Zeit, gleicher Ort? Ich vermisse dich!* Obwohl Paula sich auf der Autofahrt fest vorgenommen hatte, keine Träne mehr wegen dieses Scheusals zu vergießen, wurden ihre Augen feucht. Sie wusste von Anfang an, worauf sie sich eingelassen hatte. Jan hatte ihr nichts verschwiegen. Zumindest den Teil, der seine Ehe betraf. Ihre Beziehung hätte funktionieren können. Warum musste er alles kaputt machen? Paula schaute auf die Sendezeit: 23:30 Uhr. Da konnte er noch nicht wissen, dass sie verschwunden war. Sie öffnete seine zweite SMS: *Warum bist du nicht im Büro? Bis zum Abgabetermin bei Hellström bleibt nicht mehr viel Zeit.* 8:25 Uhr. Das sah ihm ähnlich! Nicht einmal zehn Stunden, nachdem er vor Sehnsucht beinahe zerflossen wäre, kehrte er wieder den cholerischen Chef heraus. Sie hätte auch in ihrer Wohnung mit einer Nierenkolik liegen und sich vor Schmerzen krümmen können, aber ihn interessierte nur, dass der Abgabetermin nicht ins Wanken kam. Dieser verfluchte Hellströmauftrag! Wie viele Nächte hatte sie sich um die Ohren geschlagen, wenn der Hotelpatriarch wieder einmal neue Wünsche geäußert hatte und sie von vorn beginnen musste. Und während sie Jan bei Frau und Kindern wähnte, betrog er sie mit Gesine. Sollte er doch sehen, wie er den alten Hellström zufriedenstellte.

Ein dumpfes Poltern ließ sie erwartungsvoll aufschauen. In der Ferne sah sie vom Hafen einen Radfahrer mit Anhänger den Plattenweg heraufkommen. Erleichtert sprang Paula von ihrem Koffer. Endlich jemand, den sie nach der Richtung fragen konnte, und in seinem grünen Ölzeug war der Mann schließlich unschwer als Einheimischer auszumachen. Allmählich kam er näher. Da sie ihren Koffer mitten auf den Weg gestellt hatte, musste er absteigen. Das Poltern verstummte. Paula schätzte ihn auf Ende dreißig, denn sein dunkler Bart war bereits mit einigen grauen Strähnen durchzogen. Die graue Wollmütze, unter der er seine Haare versteckt hatte, komplettierte den ersten Eindruck des bärbeißigen Insulaners. Nur die schwarze Kunststoffbrille, durch die er sie mit seinen stahlblauen Augen musterte, irritierte sie.

»Verlaufen?«

Nein, sie saß nur zum Vergnügen zwischen Nadelgehölzen und Heckenrosen auf einem riesengroßen Koffer herum.

»Kaum vorstellbar, nicht?«, fauchte sie ihn eine Spur zu patzig an, denn seine Stimme klang eigentlich angenehm warm.

In dem Gesicht des Mannes zeigte sich keine Regung, er verlagerte nur sein Gewicht auf das andere Bein und starrte sie weiter abwartend an. Paula wich seinem prüfenden Blick aus, sie wusste nur zu gut, wie sie in ihrem Aufzug auf ihn wirken musste. Sitzen gelassene Großstadtjungfer sucht Seelenheil auf einsamer Insel. Neugierig inspizierte sie den Inhalt seines Anhängers. Vier durchsichtige Wasserkanister, der »Kicker« und eine Kiste Bier. Alles klar, dachte Paula. Nicht nur deine Vorurteile bestätigen sich.

»Adresse?«

»Was?«, fragte sie perplex.

»Der Name Ihrer Unterkunft.«

»›Dünenrose‹«, erwiderte sie schnippischer als beabsichtigt. »Bei Edda?«

Ja, du bist hier der Einheimische, ich habe es schon verstanden, dachte Paula ungehalten und verschränkte die Arme, um ihre aufkommende Ungeduld zu unterstreichen. Die Sonnenbrille in ihrer Hand wippte wütend auf und ab. Ihre Geste schien ihn zu amüsieren, denn sie glaubte, in seinen Augen einen Funken Spott aufblitzen zu sehen. Doch gerade, als sie etwas Bissiges sagen wollte, drehte er den Kopf und deutete mit einem Nicken auf die schmale Abzweigung hinter ihr.

»Noch fünfzig Meter, und Sie sind da.«

Verblüfft drehte Paula sich um und starrte ungläubig in den schmalen Sandweg hinein. Plötzlich konnte sie zwischen den Kiefern hindurch das verblichene Reetdach schimmern sehen. Die Pension war nur ein paar Schritte entfernt. Warum hatte sie das Haus nicht vorher bemerkt? Auch wenn der Mann nicht wirklich entgegenkommend gewesen war, sie würde sich bei ihm bedanken müssen. Mit einem spöttischen »Sie waren mir eine große Hilfe« auf den Lippen wirbelte sie herum. Doch alles, was sie sah, waren ein breiter Rücken in grünem Ölzeug und die Bierflaschen, die klirrend im Anhänger auf und ab hüpften.

3

»Der wird Ihnen wieder Leben einhauchen«, sagte die Kellnerin mitfühlend und stellte ein dampfendes Glas Sanddorngrog auf den niedrigen Eichenholztisch. Verblüfft blickte Paula auf. Sie saß doch gerade erst zwei Minuten in dem Café und hatte noch nicht einmal in die Karte geschaut.

»Sie sehen durchgefroren aus. Am Strand bläst heute ein kräftiger Wind, stimmt's?« Die grünen Augen der Frau glitten ungeniert über den roten Trenchcoat, der neben ihr auf der weichen Polsterbank lag.

»Ich habe die raue See hier oben ein wenig unterschätzt«, murmelte Paula. Verlegen streckte sie ihre steifen Finger nach dem Glas mit der leuchtend gelben Flüssigkeit aus. Die Wärme des Grogs strömte durch ihre klammen Hände und heizte ihren Körper allmählich wieder auf Betriebstemperatur. Die Kellnerin, eine attraktive Enddreißigerin, nickte ihr zu und verschwand in Richtung Theke. Voller Neid blickte Paula ihr nach. Sie hatte diesen leicht wippenden Gang, der den schmachtenden Blick jedes Mannes auf ihre wohlgeformten Hüften zog. Das kupferrote Haar war nachlässig zu einem Knoten zusammengesteckt und unterstrich die unbändige Natürlichkeit, die sie ausstrahlte. Wäre Jan jetzt hier, er hätte der Frau unverhohlen hinterhergeschaut. Nicht, dass es ihr erst jetzt auffiel, er hatte schon immer mit anderen Frauen geflirtet, wenn sie zusammen waren. Es hatte ihr nie wirklich etwas ausgemacht. Sie fühlte sich sicher. Geliebt. Begehrenswert. Dass dies ein Trugschluss war, hatte sie leider erst viel zu spät begriffen.

Vorsichtig nahm Paula einen Schluck heißen Grog und spürte den herben Geschmack des Sanddorns auf ihrer Zunge. Wohlig warm lief die Flüssigkeit ihre Kehle hinab. Sie blickte verstohlen zu der Uhr über dem gusseisernen Kaminofen gegenüber: Viertel nach zwei. Für Alkohol entschieden zu früh, und sie hatte noch nichts gegessen. Dem Frühstücksraum war sie am Morgen bewusst ferngeblieben, nachdem sie mit einem redseligen Ehepaar aus Bayern, das ihr mit einem überschwänglichen »Grüß Gott!« einen guten Tag gewünscht hatte, auf der Treppe zusammengetroffen war. Doch da sie sich quasi in einer Ausnahmesituation befand und niemand auf der Insel weilte, der an ihrer Schnapsfahne Anstoß nehmen könnte, beschloss sie, dass das mit dem Alkohol für heute in Ordnung ging.

Paula lehnte sich erschöpft in das weiche Polster der Bank zurück und versuchte, die quälenden Gedanken der letzten Stunden zu verdrängen. Die halbe Nacht hatte sie in ihrem kleinen Pensionszimmer wach gelegen und gegrübelt, ob die Reise an die Ostsee richtig war. In der nächsten Woche fällte Hellström seine Entscheidung, welches Büro den Zuschlag für die Inneneinrichtung seiner neuen Hamburger Luxusherberge erhielt. Da sie die leitende Innenarchitektin war, würde das Projekt erheblich in Zeitverzug geraten. Viele Absprachen mit dem schwedischen Hotelmogul hatte sie mündlich getroffen. Ohne diese Informationen war Jan völlig aufgeschmissen. An die Pläne, die sie vor ihrer Abreise auf ihren USB-Stick gezogen hatte, wollte sie gar nicht erst denken. Die acht nicht entgegengenommenen Anrufe auf ihrem Handy machten klar, in welch unangenehmer Situation Jan war. Sie würde sich nicht ewig auf Hiddensee verstecken können, über kurz oder lang musste sie ihm ins Gesicht schauen. Und ihr, dachte Paula mit einem unangenehmen Ziehen in der Magengegend. Doch als sie am Morgen die Augen aufgeschlagen hatte, wusste sie, dass sie noch nicht bereit dazu war. Der Stachel saß zu tief.

Die kleine Pension hatte sich als ein wahrer Glücksgriff erwiesen. Edda, eine ältere Dame mit wachen, freundlichen Augen, gehörte zu der Sorte Mensch, die sehr genau spürte, welches Maß an Aufmerksamkeit ihre Gäste wollten. Ohne große Worte hatte sie Paula das weiß getünchte und mit hellen Kiefernholzmöbeln bestückte Zimmer unterm Dach, den gemütlichen Frühstücksraum mit herrlichem Blick auf den Küstenwald und den verträumten Garten, der jedem offen stand, gezeigt. Nur das Wetter spielte nicht mit, jedenfalls nicht am Inhalt ihres Koffers gemessen. Die milde Aprilsonne von gestern verbarg sich hinter einem grauen, wolkenverhangenen Himmel, und der kalte Wind, der über der Ostsee blies, dämpfte ihre aufkeimenden Frühlingsgefühle erheblich. Beim morgendlichen Blick aus dem Fenster hatte sie mit einem Mal verstanden, warum sie bei ihrer Ankunft alle so mitleidig angeschaut hatten. Die aufmerksame Frau am Kiosk, Knut auf der Fähre, der ruppige Kerl auf dem Fahrrad und Edda, die sie diskret auf das Geschäft mit Wanderschuhen und preiswerten Regenjacken hingewiesen hatte. Nach dem Aufstehen war sie noch zuversichtlich gewesen, dass Jeans, Seidenpulli, Trenchcoat und Sportschuhe für ihren kurzen Aufenthalt völlig ausreichen dürften. Doch zwei Stunden Strandspaziergang an der tosenden Brandung hatten ihr unmissverständlich klargemacht, dass ein Besuch in dem Laden unumgänglich war.

»Darf es noch etwas sein?« Schwungvoll griff die Kellnerin nach dem leeren Grogglas und stellte es auf ihr hölzernes Tablett.

»Nein, vielen Dank.« Paula richtete sich auf. »Aber Sie können mir bestimmt verraten, wo ich das Geschäft für Outdoorbekleidung finde, das meine Pensionswirtin mir empfohlen hat.«

Schmunzelnd strich die Frau eine Haarsträhne, die sich aus ihrem Knoten gelöst hatte, hinter das Ohr. »Empfohlen klingt gut, angesichts der Tatsache, dass Edda nur unser ›Lütt Eck‹ gemeint haben kann. Zu dieser Jahreszeit gibt es nicht viele Shoppingmöglichkeiten in unserem Dorf.«

Paula stellte den Kragen ihres Mantels hoch und machte sich zum Hafen von Kloster auf, in dessen Nähe sie nach den Worten der Kellnerin das Geschäft finden würde. Der schmale, ungepflasterte Weg war von Reetdachhäusern und schmucken Vorgärten mit weißen Lattenzäunen gesäumt. Dahinter trotzten Narzissen und Tulpen tapfer dem kalten Wind und versuchten, ein wenig Farbe in den trüben Frühlingstag zu zaubern. Die wenigen Leute, die ihr entgegenkamen, zogen die Schultern ein und hefteten den Blick fest auf den grauen Sandboden. Auch Paula vergrub die Hände tiefer in ihren Manteltaschen. Sie hoffte inständig, dass sie in dem Laden außer wetterfesten Regenjacken auch einen wärmenden Pullover ergattern konnte. Und da die Kellnerin ihr keine alternativen Einkaufsmöglichkeiten in Aussicht gestellt hatte, hoffte sie es umso mehr. Erst jetzt fiel ihr auf, dass die Frau gewusst hatte, in welcher Pension sie untergekommen war. Auch wenn die Insel Hiddensee nur aus winzigen Dörfern und einigen abgelegenen Häusern bestand und die Zahl der Urlaubsgäste zu dieser Jahreszeit überschaubar blieb, erschien ihr der Verdacht, dass die Einheimischen über jeden Schritt ihrer Besucher Bescheid wussten, doch recht abwegig. Und obwohl sie mit Edda bisher nur wenige Worte gewechselt hatte, erweckte sie nicht den Eindruck einer Krösa-Maja aus Lönneberga. Was soll's, dachte Paula, ihr konnte es egal sein, in ein paar Tagen wäre sie sowieso wieder in Hamburg.

Der Weg machte eine leichte Biegung, und die »Blaue Anna« tauchte in ihrem Blickfeld auf. Vor der Fähre stand eine kleine Gruppe Touristen mit bunten Koffern und wartete ungeduldig darauf, dass Knut, der an einer roten Absperrkette herumhantierte, sie endlich an Bord ließ. Als Paula näher kam, blickte er auf und hob grüßend die Hand. Schüchtern streckte sie ihren rechten Arm empor. Hatte der Mann wirklich ihr gewunken? Doch da er sich anschließend wieder seelenruhig seiner Kette zuwandte, musste der Gruß ihr gegolten haben. Noch immer irritiert, ließ Paula den Fähranleger mit seinen weiß verputzten Gebäuden hinter sich und ging an der hölzernen Steganlage des Seglerhafens entlang. Der kalte Wind blies hier am Wasser wieder kräftiger. Zitternd zog sie den Mantelkragen höher und beschleunigte ihren Schritt, während sie nach dem »Lütt Eck« Ausschau hielt. Dann endlich entdeckte sie einen dunklen, flachen Holzbau. Unter einer blau-weiß gestreiften Markise klapperten drei Postkartenständer blechern im Wind. In den beiden Schaufenstern links und rechts der zweiflügligen Eingangstür hingen grobmaschige Fischernetze, an denen farbenprächtige Drachen, aufgeblasene Schwimmreifen und Fischerhemden kunstvoll drapiert waren. Davor stapelten sich Strickpullover, Brettspiele und Badespielzeug für den Strand. Zügig ging Paula auf das Gebäude zu, drückte die Klinke herunter und betrat den Laden. Die wohlige Wärme, die sie empfing, löste sofort ihre verkrampften Schultern. Sie knöpfte ihren Trenchcoat auf und schaute sich um. Was auch immer der Inselurlauber auf dem Festland vergessen haben mochte, hier fand er es, dachte Paula sichtlich beeindruckt. Obwohl das Geschäft recht eng und überladen wirkte, versprühte das »Lütt

Eck« den heimeligen Charme des Tante-Emma-Ladens, in den sie ihre Großmutter als kleines Kind voller Neugier begleitet hatte. Neben ihr waren noch ein turtelndes Liebespaar und eine ältere Dame mit schwarzem Mops zwischen den vollgestopften Regalen unterwegs. Paula wandte sich nach rechts und steuerte zielstrebig auf die Wetterjacken zu, die auf einem drehbaren Ständer farblich sortiert hingen. Ihr prüfender Blick erspähte einen Friesennerz. Sie griff nach der gelben Jacke und suchte nach dem Preisschild.

»Ich bin mir sicher, der würde Ihnen hervorragend stehen.«

Erschrocken wirbelte Paula herum und blickte in ein Paar haselnussbraune Augen. Der Mann war etwa in ihrem Alter, einen halben Kopf größer als sie und ziemlich attraktiv. Mit der rechten Hand strich er sich die zerzausten, dunkelblonden Haare aus der Stirn und grinste sie breit an.

»Und was macht Sie da so sicher?«, wollte Paula wissen.

Sein Blick wanderte unverschämt langsam an ihrem roten Trenchcoat hinab. Doch in seinen Augen lag ein schelmisches Funkeln, sodass sie einfach nicht wütend sein konnte.

»Berufserfahrung.«

Paula musste lachen. »Ich hoffe für das weibliche Geschlecht, Sie verdienen Ihre Brötchen nicht mit Mode.«

Jetzt glitten ihre Augen musternd an ihm hinunter. Er steckte in einer schwarzen Jacke mit dem bekannten Tatzenlogo, die Beine seiner marineblauen Arbeitshose endeten in armeegrünen Gummistiefeln. Was auch immer er beruflich tat, Modedesign zählte definitiv nicht zu seinen Betätigungsfeldern.

Er streckte ihr, noch immer frech grinsend, die Hand entgegen. »Martin. Martin Grothe.«

»Paula Hennings.« Sein kräftiger Händedruck schien für eine Begrüßung unter Fremden ein paar Sekunden zu lang.

Schwungvoll zog Paula den Friesennerz vom Bügel und legte ihn über den Arm. Da der Mann weiterhin wie angewurzelt neben ihr stand und sie ernsthaft befürchtete, er würde ihr auch noch in die Umkleide folgen, verzichtete sie auf eine Anprobe. Die Größe M passte immer. Paula griff nach einem Paar hübschen roten Outdoorschuhen, die an der gegenüberliegenden Wand aufgereiht standen.

»Sie bleiben offensichtlich länger auf unserer schönen Insel?«, fragte Martin, während sein Blick neugierig über die Schuhe in ihrer Hand wanderte.

»Nein, Montag reise ich wieder ab. Leider habe ich dringende Termine in Hamburg, die ich wahrnehmen muss. Meinem Chef wird es ganz und gar nicht gefallen, wenn ich auf diesem Eiland versumpfe.« Verflixt, warum dachte sie ausgerechnet wieder nur an Jan, wie er sich fühlte und was ihm wichtig war? Er und der Hellströmauftrag sollten ihr völlig egal sein.

»Versumpfen?« Belustigt hob Martin die Augenbrauen. »Es wird Zeit, dass Sie ein wenig unter Leute kommen und die angenehmen Seiten von Hiddensee kennenlernen.«

»Außer erfrischenden Strandspaziergängen gibt es wohl nicht viel, womit man seine Zeit hier verbringen kann«, sagte Paula spöttisch, während sie sich suchend nach einem Schuhlöffel umschaute.

Doch Martin hatte ihn bereits in der Hand und streckte ihr das leuchtend grüne Plastikteil entgegen. »Im ›Klabautermann‹ gibt es morgen Abend einen sehr interessanten Vortrag über die Verständigung von Schweinswalen in der Ostsee. Wie sieht es aus, hätten Sie Lust?«

Das meinte er jetzt nicht im Ernst, oder? Ein Vortrag über Schweinswale! »Klingt verlockend«, antwortete Paula. Der leicht sarkastische Unterton, der mitschwang, war ihm hoffentlich entgangen. »Aber wie gesagt, ich habe einen wichtigen Termin, und da muss ich mich vorbereiten.«

Sie begutachtete eingehend den neuen Schuh, in den sie gerade geschlüpft war, damit er nicht in ihrem Gesicht lesen konnte, dass sie gelogen hatte.

»Schade. Sie verpassen wirklich etwas.« Der Mann klang sichtlich enttäuscht.

Paula zog den zweiten Schuh an. Perfekt. Sie riss das Preisschild ab, klemmte ihre alten Sportschuhe unter den Arm und steuerte Richtung Kasse. Wie ein fürsorglicher Ehemann folgte Martin ihr durch die engen Regalreihen, wobei seine Hartnäckigkeit ihr durchaus schmeichelte. Hinter der hölzernen Ladentheke empfing sie die blutjunge Verkäuferin bereits mit einem strahlenden Lächeln. Ihr langes, blondes Haar reichte ihr bis zu den Hüften, und der hautenge Ringelpullover ließ keinen Zweifel darüber, dass an ihrem makellosen Körper kein Gramm zu viel war.

»Hallo Martin«, hauchte sie mit piepsiger Stimme. Ihr Zungenpiercing funkelte verführerisch.

Erst jetzt registrierte Paula, dass das freundliche Lächeln nur ihrem attraktiven Begleiter galt.

»Hallo Vivienne!«

Typisch! Wenn schon mal ein Mann Interesse an mir zeigt, dann der Dorfcasanova, dachte Paula. Verärgert schmiss sie den Friesennerz auf die Ladentheke und stapfte in ihren neuen Outdoorschuhen zu einem Display mit Norwegersocken.

»Wann geht es denn morgen Abend los?«, hörte sie das Supermodel hinter sich fragen.

»Gegen acht. Simon schafft es nicht früher, er wird erst mit der Sechs-Uhr-Fähre zurück sein.«

»Halt mir ein Plätzchen an eurem Tisch frei«, säuselte die Verkäuferin.

»Jaja. Mach ich.«

Martin klang leicht genervt, was Paula mit Wohlwollen zur Kenntnis nahm. Übermütig griff sie nach zwei Paar grauen Wollsocken und einem Schlüsselanhänger und kehrte an die Kasse zurück. Erst jetzt schien Vivienne ihre Anwesenheit zu bemerken.

»Soll es das sein?«, fragte sie und schaute unter ihren langen Wimpern zu ihr auf.

Dann hätte ich es kaum auf die Theke gelegt, schoss es Paula durch den Kopf. »Ach ja, und die Schuhe, bitte.«

Sie drückte der jungen Frau das Preisschild in die Hand. Verdutzt blickte die Verkäuferin auf das Stück Karton mit dem Strichcode in ihren Händen, doch dann zuckte sie gleichgültig mit den Schultern und scannte die Sachen ein. Ihre Aufmerksamkeit galt wieder voll und ganz Martin.

»Nächste Woche habe ich Frühschicht. Dann könnte ich doch wieder mit euch rausfahren«, schlug sie vor. Blind tastete sie nach der Kreditkarte, die Paula bereits aus ihrer Tasche befördert hatte. Anhimmelnd hingen ihre glänzenden Augen an Martin Grothe.

»Mal sehen. Ich weiß nicht, ob wir noch mal mit dem Boot rausmüssen.«

Auch wenn ihr Verehrer in Gummistiefeln gern Frauen den Hof machte, Vivienne passte offenbar nicht in sein Beuteschema, stellte Paula befriedigt fest. Dankend griff sie nach der bunten Plastiktüte und Jans Kreditkarte, die die Frau ihr reichte, und marschierte mit Casanova im Schlepptau zum Ausgang.

Den kalten Wind, der sie draußen empfing, hatte Paula beinahe vergessen. Das musste sie diesem Martin Grothe zugestehen, er wusste, wie man Menschen auf andere Gedanken brachte.

»Also, wie sieht es aus. Besteht nicht doch ein Funken Hoffnung für mich, dass Sie meiner Einladung in den ›Klabautermann‹ folgen?«, bohrte er weiter, während er den Reißverschluss seiner Jacke bis unters Kinn zog.

»Sie haben Glück. Der Name der Kneipe erinnert mich an die alten Seemannsgeschichten meines Großvaters, die er mir als Kind vor dem Einschlafen erzählt hat. Vielleicht brauche ich ja morgen ein wenig Zerstreuung, dann weiß ich ja, wo ich die finde.« Lachend drehte sie sich auf den Absätzen ihrer neuen Schuhe um und stiefelte, ohne eine Antwort abzuwarten, davon. Doch der kleine Funken glücklicher Erleichterung in seinen haselnussbraunen Augen entging ihr nicht. Erst nachdem sie auf die Straße hinter dem Fähranleger eingebogen war, stellte sie fest, dass sie keinen warmen Pullover gekauft hatte.

4

Über den Wipfeln der hohen Kiefern versank die blassrote Abendsonne und tauchte den Küstenwald in ein geheimnisvolles Zwielicht. Der Wind hatte deutlich nachgelassen, trotzdem trieb die Ostsee einen kalten Luftstrom auf die Insel. Betrübt wandte Paula sich vom Fenster ab und hockte sich mit angewinkelten Beinen auf das weiche Bett. Ihre Hand tastete nach dem E-Book-Reader auf der karierten Tagesdecke. Nach drei Klicks ploppte der neue Krimi ihres norwegischen Lieblingsautors auf, den sie schon vor Wochen heruntergeladen hatte. Doch bereits nach einer Seite legte sie das Gerät wieder beiseite. Der einsame, eisige Winter im hohen Norden Skandinaviens hellte ihre Stimmung nicht gerade auf. Mit geschlossenen Augen ließ sie sich in die weichen Kissen fallen.

Seit drei Tagen verkroch sie sich nun auf Hiddensee, und nach wie vor hämmerte dieser beklemmende Schmerz in ihrer Brust. Sie hatte gehofft, dass die Wut allmählich die Oberhand gewinnen würde und sie endlich ihre Gefühle kontrollieren könnte. Doch die SMS von Gesine hatte den mühevoll errichteten Schutzschild in ihrem Innern zum Einsturz gebracht. Warum bloß hatte sie das Handy mit in den Frühstücksraum genommen?

Nach dem Aufstehen hatte sie sich noch gut gefühlt. Im Spiegel des kleinen Badezimmers hatte die alte Paula sie mit herausforderndem Blick angeschaut. Übermütig war sie in Pulli, Jeans und ihre neuen Outdoorschuhe geschlüpft und beschwingt die schmale Holztreppe ins Erdgeschoss hinabgestiegen. Obwohl schon einige Pensionsgäste in dem gemütlichen Frühstücksraum saßen, konnte sie einen freien Tisch am

Fenster ergattern. Der herrliche Blick auf den Küstenwald hatte ihre Laune zunehmend gehoben, und sie beschloss, das kleine Dorf zu erkunden. Sie hatte sogar an Martin gedacht und gehofft, dass sie ihm vielleicht irgendwo über den Weg laufen würde. Schließlich waren sie auf einer Insel! Als die gedrungene Gestalt der Pensionswirtin mit einer Thermoskanne Kaffee an den Tisch getreten war, hatte sie Edda mit einem breiten Lächeln angestrahlt.

»Vielen Dank für den Tipp mit dem tollen Laden. Ich habe dort alles bekommen, was ich für meinen Aufenthalt benötige.«

»Das freut mich zu hören. Dann sind Sie ja jetzt hervorragend ausgerüstet, um die atemberaubende Schönheit unserer Insel zu erkunden«, bemerkte Edda freundlich und goss das dunkle Gebräu in Paulas blaue, mit weißen Punkten geschmückte Porzellantasse.

»Stimmt, ich wollte heute zum Leuchtturm rauf. Der ist doch sicher für Besucher zugänglich, oder?«, fragte Paula.

»Ja, eigentlich schon«, bestätigte die Frau ihre Vermutung und stellte die Kanne auf den Tisch. Sie hob das schlohweiße Haupt und richtete ihre graublauen Augen auf Paula. »Nur zu dieser Jahreszeit gibt es keine geregelten Öffnungszeiten. Aber zweimal pro Woche organisiert die Tourist-Information eine geführte Wanderung zum Leuchtturm Dornbusch. Sie haben Glück. Es geht heute gegen zehn Uhr am Hafen los.« Edda blickte auf die silberne, feingliedrige Armbanduhr an ihrem Handgelenk und nickte. »Frühstücken Sie in Ruhe zu Ende, es ist noch genügend Zeit.«

Die Pensionswirtin griff nach der Kanne und wandte sich zum Gehen. Doch da fiel ihr noch etwas ein. »Sie können natürlich auch Simon und Martin fragen, wenn Sie die beiden an ihrer Station antreffen sollten. Die haben ebenfalls einen Schlüssel für den Leuchtturm«, sagte Edda im lockeren Plauderton.

»Martin? Martin Grothe?« Paula horchte auf.

»Richtig. Er und Simon sind Wissenschaftler des Meeresmuseums in Stralsund. Sie nutzen häufig die kleine Forschungsstation, um an ihrem Schweinswalprojekt zu arbeiten. Kennen Sie Martin?« Neugierig musterten ihre trüben Augen Paula.

Schweinswale? Vortrag? Plötzlich fand sie seine Einladung von gestern alles andere als langweilig. Vielleicht würde es doch ein sehr interessanter Abend werden. Lächelnd hatte sie Edda angeschaut, ohne auf deren Frage einzugehen: »Wären Sie so lieb, mir den Weg zum ›Klabautermann‹ zu erklären?«

Paula öffnete die Augen und blickte starr auf die gelaugte Kiefernholzdecke in ihrem Zimmer. Da hatte sie sich noch sicher gefühlt. Nichts schien ihr diesen neuen, unerwarteten Schwung nehmen zu können. Bis ihr Handy piepte und sie im Glauben unerschütterlicher Willensstärke die eingegangene SMS geöffnet hatte:

Es tut mir so schrecklich leid.
Ich weiß, wie sehr ich dich verletzt habe.
Doch das mit Jan ist einfach so passiert, ohne
dass ich es wollte. Kannst du mir verzeihen?
Gesine

Und da war es wieder, dieses Messer, das noch immer tief in ihrem Herzen steckte und sich mit scharfer Klinge auf und ab bewegte. Wie konnte sie nur glauben, dass alles schon vorüber war. Die Enttäuschung, der Schmerz, der Verrat. Sofort waren ihr die Tränen in die Augen geschossen, und sie hatte keine Luft mehr bekommen. Zitternd hatte sie das Handy in die Jeans gestopft, sich durch einen wässrigen Schleier an Edda vorbeigeschlichen und war blind die Treppe hinaufgestolpert. In ihrem Zimmer hatte sie sich heulend auf das Bett geworfen, wo sie schließlich den ganzen Tag verbracht hatte.

Kraftlos wälzte Paula sich auf die Seite und stand auf. Im Bad ließ sie ein paar Minuten kaltes Wasser über die Unterarme laufen, vergrub das Gesicht in dem feuchten Nass in ihren Händen und hob den Kopf zum Spiegel. Die Paula vom Morgen war verschwunden. Doch ganz weit hinten spürte sie die Kämpferin in sich. Das leise Aufbegehren der Betrogenen. Mit einem Ruck zog sie den Duschvorhang beiseite und drehte das heiße Wasser auf. Sie würde es überleben, und es lag ganz allein an ihr, wie lange es dauern würde.

»Wenn ich ehrlich bin, habe ich nicht mehr damit gerechnet, dass du kommst.« Martin musste schreien, damit sie ihn verstehen konnte. Er kam von der Theke und drückte ihr lächelnd ein Glas Rotwein in die Hand. In dem schwarzen Jackett und der hellen Hose wirkte er wesentlich älter als gestern im »Lütt Eck«. Dicht gedrängt wie Ölsardinen standen sie am Eingang und versuchten, sich mühsam einen Weg durch den bis zum Bersten gefüllten »Klabautermann« zu bahnen. Die Kneipe lag im Zentrum von Kloster und erinnerte sie an einen irischen Pub. Dunkelbraunes Holz, das alles rustikal und urig erscheinen ließ, ein langer Tresen, um den sich die Menschen in angeregten Gesprächen scharten, rockige Livemusik, und über allem hing der herbe, würzige Geruch von Bier.

»Es tut mir leid, dass ich den Vortrag verpasst habe«, versuchte Paula, die laute Musik der Liveband und das Stimmengewirr zu übertönen.

»Macht nichts, so spannend war der nun auch nicht. Der Abend beginnt doch erst jetzt, richtig schön zu werden«, sagte Martin und zog sie an der Hand zu einem der langen Tische in der Ecke, an dem eine ziemlich ausgelassene Stimmung herrschte.

»Hört mal, das ist Paula. Ich habe sie eingeladen, den Abend mit uns zu verbringen.«

Urplötzlich verstummte das Geplauder am Tisch. Zwölf Augenpaare starrten sie neugierig an. Paula nickte flüchtig in die Runde und quetschte sich auf die lederbezogene Eckbank. Martin nahm auf dem Stuhl neben ihr Platz. Augenblicklich setzte die Unterhaltung am Tisch wieder ein, was sie erleichtert zur Kenntnis nahm.

»Und, habe ich zu viel versprochen? Die Insel hat einiges zu bieten, oder?« Martin grinste sie breit an. In seinen haselnussbraunen Augen blitzte wieder dieses schelmische Funkeln auf, das sie schon gestern bemerkt hatte.

»Ja, du hast mich überrascht. Obwohl ich jedoch den Verdacht hege, dass du an die Türen sämtlicher Einheimischer geklopft und ihnen für ihr Erscheinen Freibier versprochen hast«, scherzte sie. Aber Martin hatte recht, die Band spielte toll, und das Flair im »Klabautermann« konnte sich durchaus mit einer Szenekneipe in Hamburg messen.

»Dann habe ich also berechtigten Grund zu der Hoffnung, dass du deinen Aufenthalt auf Hiddensee verlängern wirst?«

»Weil mir eure Lokalitäten so gut gefallen?«

»Weil du meiner Einladung gefolgt bist.« Er legte den Kopf schief und schaute sie frech an.

»Bilde dir bloß nichts darauf ein, Martin. Mir hat vor lauter

Arbeit der Kopf geraucht«, log sie schnell. »Ich musste nur für ein paar Stunden aus der Pension.«

»Jetzt aber mal Butter bei die Fische! Du bist doch nicht wirklich zum Arbeiten hier, oder?«, fragte er.

Verblüfft blickte Paula ihn an. War sie so leicht zu durchschauen?

»Ich habe beruflich ein paar wichtige Dinge zu entscheiden, dafür erschienen mir Ruhe und Abgeschiedenheit an der Ostsee ideal«, versuchte sie es mit der halben Wahrheit.

Zögernd musterte er sie. Die Antwort war nicht das, was er erwartet hatte. »Wir haben eben alle so unsere kleinen Geheimnisse, nicht wahr?«, sagte er mit einem Augenzwinkern.

»Das sagt ausgerechnet der Mann, der mir bei seiner Einladung verschwiegen hat, dass er der Meeresbiologe ist, der den Vortrag hält?«, zog Paula ihn auf.

»Du hast Erkundungen über mich eingeholt?« Martin hob belustigt die Augenbrauen. »Das schmeichelt mir. Doch leider muss ich dich enttäuschen.«

»Glaube mir, Martin, du wärst nicht die erste Enttäuschung in meinem Leben.« Ihre Stimme klang fester als beabsichtigt.

»So ernst?«

Sein fragender, entsetzter Blick ließ sie unwillkürlich auflachen. »Nun sag schon, was hat meine geheime Quelle falsch ausgeplaudert.«

Martins kurze Unsicherheit war verschwunden, und der lebenslustige, gesellige Kerl in ihm kam wieder zum Vorschein. »Ich bin lediglich biologisch-technischer Assistent. Der unscheinbare Watson, der die Geräte schleppt. Der Doktor der Meeresbiologie, der uns vorhin mit seinem Vortrag gequält hat, ist mein bester Freund und Kollege Simon.«

Mit dem Kinn deutete er in Richtung Kopfende des Tisches.

Paula folgte seinem Blick, und einen winzigen Moment spürte sie ein flaues Gefühl im Magen. Es war der ruppige Kerl auf dem Fahrrad! Der, der sie bei ihrer Ankunft so herablassend behandelt hatte! Musste ausgerechnet er Martins bester Freund sein? Kein Wunder, dass sie ihn vorhin übersehen hatte, ohne seine Wollmütze und das Ölzeug sah er ganz anders aus. Gar nicht so übel, musste sie eingestehen. Wie der Bart war auch sein dichtes, schwarzes Haar mit grauen Strähnen durchzogen. Die Ärmel seines verwaschenen Jeanshemdes hatte er bis zu den Ellbogen hochgekrempelt, was ihm eine gewisse Lässigkeit verlieh. Er hatte den Kopf leicht zur Seite geneigt, um seine Gesprächspartnerin besser zu verstehen. Erst jetzt bemerkte Paula, dass die rothaarige Kellnerin aus dem Café neben ihm saß. Ziemlich nah, denn ihre Schultern stießen aneinander. Auch hier in der überfüllten Kneipe strahlte die Frau Eleganz und Anmut aus. Das Grün ihrer tief ausgeschnittenen Seidenbluse brachte ihr offenes kupferfarbenes Haar noch intensiver zum Leuchten. Unweigerlich fühlte Paula sich in ihrem schwarzen Kaschmirrolli und mit dem Pferdeschwanz wie eine graue Maus. Das Gespräch zwischen den beiden wirkte vertraut, fast als wären sie ein Paar. Aber vermutlich waren sie das ja auch, ging es ihr durch den Kopf. Nur der dumpfe Herzschlag, den dieser Gedanke verursachte, irritierte sie. Plötzlich hob Simon den Kopf und schaute ihr durch seine Brille mit dem dunklen Rahmen direkt in die Augen. Auch er hatte sie wiedererkannt. Paula fühlte sich seltsam ertappt. Verlegen drehte sie den Kopf zur Seite und blickte grübelnd auf die volle Tanzfläche.

»Möchtest du?« Martins heitere Stimme riss sie aus ihren Gedanken.

»Was?«

»Tanzen.«

»Oh, nein. Ich würde dir nur furchtbar auf die Füße treten«, wehrte sie kopfschüttelnd ab.

»Das halte ich schon aus.« Er schob polternd den Holzstuhl über den Dielenboden zurück, stand auf und fasste sie an die Hand. »Komm.«

Nach kurzem Zögern gab sie nach. Seinem frechen Grinsen konnte sie einfach nicht widerstehen. Was soll's, sie hatte ja schließlich nicht umsonst die roten Pumps zu ihrer Jeans gewählt. Und als Martin sie im Takt der Musik fest an sich drückte, wusste sie, dass ihr Entschluss, den Abend nicht allein in der Pension zu verbringen, goldrichtig war.

»Ich brauche dringend eine Pause«, schnaufte Paula, während die Band unter lautem Getöse ihren nächsten Titel anmoderierte.

Martin löste seinen festen Griff um ihre Hüfte und sah sie belustigt an. »Du gibst auf?«

»Das hättest du wohl gern«, gab sie ihm flapsig zur Antwort. »Ich muss nur einen Moment meinen Akku aufladen.«

»In der Großstadt seid ihr dieses Tempo nicht gewohnt, was?« Martin lachte. Zielstrebig schob er sie, die Hand noch immer auf ihrer Hüfte, durch die dichte Menschentraube auf der Tanzfläche. Plötzlich hielt er inne und blickte Richtung Eingang. Zwei junge Frauen in knalligen Daunenjacken standen dort mit suchenden Blicken. Erst beim zweiten Hinsehen erkannte Paula Vivienne aus dem »Lütt Eck«.

»Ich muss da drüben ein paar Bekannte begrüßen«, sagte er und deutete mit dem Kinn zu den Neuankömmlingen hinüber. »Holst du uns inzwischen zwei Bier?«

»Gern. Lass dir ruhig Zeit«, entgegnete Paula und nahm

Kurs auf die Theke. Sie war froh, für ein paar Minuten Martins schwindelerregendem Tanzstil zu entrinnen. Leichtfüßig und elegant führte er sie übers Parkett. Er schaffte es sogar, ihre kleinen Fehltritte diskret zu vertuschen. Doch sie würde diesen Abend sicher mit Blasen an den Zehen bezahlen. Die kurze Unterbrechung kam ihr gerade recht.

Durch das Gedränge quetschte sie sich bis zum Tresen vor und versuchte, sich beim Wirt Gehör zu verschaffen. Nach einer gefühlten Ewigkeit nahm er Notiz von ihr, zapfte die zwei bestellten Bierhumpen voll und knallte sie auf die abgewetzte Holzplatte. Hektisch schob Paula ihm Jans Kreditkarte hinüber, die sie soeben aus der Gesäßtasche ihrer Jeans geangelt hatte.

»Nee, min Dirn. So 'ne Plastikdinger nehmen wir hier nicht«, knurrte der untersetzte Glatzkopf sie an. Freundlich, aber bestimmt.

Fassungslos starrte sie ihn an. »Anders habe ich es nicht.«

»Und anders kann ich nicht«, kam es prompt zurück, und die Karte wechselte wieder in ihre Hand.

»Lass mal, Horst, ich übernehme das.«

Paula drehte sich um. In die stahlblauen Augen, die sie durch die schwarze Brille musterten, blickte sie bereits zum dritten Mal, seit sie auf der Insel war. Simon, Martins bester Freund und Kollege. Ohne seinen durchdringenden Blick von ihr zu lösen, schob er dem dicken Horst einen Zehner hinüber.

»Danke«, stammelte Paula verlegen. »Ich werde mir wohl oder übel ein wenig Bargeld besorgen müssen, um hier zu überleben.«

»Du bleibst also länger?«

Bildete sie es sich ein, oder hörte sie tatsächlich einen Hauch Freude in seiner Stimme?

»Ich habe mich noch nicht entschieden«, lautete die ehrliche Antwort. »Meine Lebensplanung ist komplett aus dem Ruder gelaufen. Ich weiß nicht, wie lange so etwas dauert.«

»Kann man das so einfach?«

»Was?« Verwirrt schaute sie zu ihm auf.

»Sein Leben planen.«

»Eiserne Disziplin. Unabdingbarer Wille. Opferbereitschaft...« Paula warf energisch den Kopf in den Nacken. »Ja, ich finde, dass man damit seine Ziele erreichen kann.«

»Und welches Opfer hat dich jetzt an unseren Strand gespült?«

Der Verzicht auf das eigene Glück, dachte Paula traurig. Das Bild der niedlichen Familie am Fähranleger flammte in ihr auf. Sie hatte darauf verzichtet. Für Jan. Alles hatte sie für diesen Mann hinten angestellt, sogar den Wunsch nach einem Kind. Doch das ging Simon schließlich nichts an.

»Fragt ihr alle eure Besucher so indiskret aus?«, fauchte sie kratzbürstig.

»Nur wenn sie mitten auf dem Weg verloren auf einem Koffer herumsitzen«, erwiderte er trocken. Obwohl ein feiner Spott in seinen Worten mitschwang, konnte sie in den blauen Augen nichts davon finden.

Schnell griff Paula nach den Gläsern und versuchte, sich elegant an ihm vorbeizuschieben. Der gestikulierende Arm eines Gastes ließ sie ins Schleudern geraten, und das Bier schwappte bedrohlich über den Rand. Doch die starken Hände, die sich plötzlich schützend um die ihren legten, hielten die herannahende Katastrophe auf. Sekundenlang starrten sie sich an, ehe Simon sie zögerlich freigab.

»Danke«, hauchte Paula und floh durch das dichte Gedränge.

»Du scheinst gut in Form zu sein.« Martin deutete mit dem Kinn hinunter zu Paulas roten Pumps, deren metallischer Klang geräuschvoll zwischen den Kiefern widerhallte. Die Uhr zeigte weit nach Mitternacht, und der schmale Plattenweg wurde allein von dem spärlichen Licht der Laternen ausgeleuchtet.

»Hast du geglaubt, mich damit kleinzukriegen?«, erwiderte sie schmunzelnd.

Dass sie es kaum erwarten konnte, aus diesen verfluchten Schuhen zu kommen, würde sie ihm nicht unter die Nase reiben. Und schon gar nicht, wie lange es her war, dass sie so ausgelassen getanzt hatte. Unter Ausgehen verstand Jan gelegentliche Besuche in einem sterbenslangweiligen Sternerestaurant und den Neujahrsempfang der Hamburgischen Architektenkammer, auf den sie ihn als seine leitende Mitarbeiterin begleiten durfte.

»Ich hatte es gehofft, aber ihr Mädchen aus der Großstadt seid nicht totzukriegen.« Martin lachte. »Vielleicht sollte ich mal mit Horst reden, dass er für den nächsten Abend eine Heavy-Metall-Band bucht.«

Ein kühler Windstoß erfasste ihren roten Trenchcoat, und sie schlug die Arme enger um ihren zitternden Körper. Schon beim Losgehen, als Paula den Mantel übergestreift hatte, wusste sie, dass sie ihre Wahl auf dem Rückweg bereuen würde. Aber sie wollte tunlichst vermeiden, mit einem lächerlichen Anblick in hochhackigen Pumps und Friesennerz den Inselklatsch anzuheizen.

»Du kennst die Leute in Kloster ziemlich gut. Stammst du von hier?«, fragte Paula neugierig.

»Nein. Ich bin in Baden-Württemberg groß geworden, auch

wenn man es meinem Dialekt kaum anhören mag. Nach der Schule hat es mich dann nach Bremerhaven verschlagen.«

»Und warum ausgerechnet Norddeutschland?«

»Das war eher Zufall«, erklärte er. »Ich bin schon immer ein Tüftler und Bastler gewesen und wollte unbedingt was in dieser Richtung machen. Das Betätigungsfeld war dabei eigentlich irrelevant. Letztendlich hatte mir die Ausbildung als biologisch-technischer Assistent in Bremerhaven am meisten zugesagt, vermutlich wegen der Nähe zum Wasser. Und als ich dann später eine feste Stelle am Helmholtz-Zentrum für Polar- und Meeresforschung bekommen habe, bin ich im Norden hängen geblieben.«

»Habt ihr euch dort kennengelernt, Simon und du?« Warum interessierte sie das überhaupt?

»Simon?« Martin schüttelte den Kopf. »Der ist schon seit Ewigkeiten am Ozeaneum in Stralsund beschäftigt. Wir beide sind uns vor vier Jahren während eines fünfmonatigen Forschungsprojektes in Norwegen begegnet. Er war der leitende Meeresbiologe und ich für die Kalibrierung und Auslesung der Messgeräte zuständig. Ich habe ihn wohl mit meinen technischen Fähigkeiten so beeindruckt, dass er mich kurz darauf in sein Team nach Stralsund geholt hat.«

»Und deine Familie macht das alles so anstandslos mit?«, fragte sie ihn mit einem prüfenden Blick von der Seite. »Umzug, monatelang auf Achse…«

Ein Grinsen huschte über sein Gesicht. »Du machst dir also Gedanken?«

»Über deinen häuslichen Seelenfrieden?«

»Über meinen Familienstand.«

Insgeheim konnte sie nicht leugnen, dass ihre Frage darauf abgezielt hatte. Zum einen, weil sie tatsächlich neugierig war.

Zum anderen hatte sie die Erfahrung mit Jan gelehrt, seine Zeit lieber nicht mit verheirateten Familienvätern zu vergeuden. Aber das musste Martin nicht unbedingt wissen.

»Na gut, ich sehe ja, wie sehr du darauf brennst.« Sie legte den Kopf schief. »Verheiratet?«

»Junggeselle. Glücklich, aber auf der Suche.«

»Auf der Suche nach der großen Liebe?«, fragte sie spöttisch.

»Auf der Suche nach attraktiver, geheimnisvoller Sie mit dunkelblondem Haar, graublauen Augen und einer absonderlichen Vorliebe für gelbe Friesennerze.«

Forschend betrachtete er ihr Gesicht, und Paula spürte, wie sie rot dabei wurde. Schnell richtete sie den Blick wieder auf die grauen Betonplatten. Auch wenn sie bezweifelte, dass Martin bei dem diffusen Licht ihre Verlegenheit bemerkt hatte.

»Du hast mir meine Frage noch nicht beantwortet«, wich sie dem Thema aus und versuchte, dabei möglichst gelassen zu klingen.

»Die da lautete …?«

»Woher du die Insulaner eigentlich so gut kennst.«

»Das Meeresmuseum besitzt oben am Leuchtturm Dornbusch eine kleine Station, zu der regelmäßig Mitarbeiter und auch auswärtige Kollegen für Forschungszwecke rauskommen. Unser aktuelles Projekt, an dem wir hier vor der Küste gerade tüfteln, ist vor zwei Jahren gestartet. Seitdem bin ich häufig auf Hiddensee und habe mich unters Volk gemischt. Aber wenn du mehr über die Einheimischen in Erfahrung bringen willst, musst du Simon fragen. Er kommt auch außerhalb der Arbeit sehr oft nach Kloster. Deine Pensionswirtin und er kennen sich seit vielen Jahren.«

»Ach ja, Edda hat euch und eure Station heute Morgen beim Frühstück erwähnt«, erinnerte sich Paula laut.

Martin räusperte sich. »Edda war also deine Mata Hari, über die du Erkundigungen über mich eingezogen hast.«

»Entschuldige«, sagte Paula verschmitzt. »Ich musste schließlich wissen, mit wem ich es zu tun habe, wenn ich mich in die Höhle des Löwen begebe.«

Mittlerweile waren sie an der »Dünenrose« angekommen, und Paula fühlte sich unsagbar erleichtert, die Pumps gleich in die Ecke schleudern zu können. Überhaupt war die Aussicht auf ihr warmes Zimmer unterm Dach mehr als verlockend. Nirgends in der Pension brannte noch Licht. Nur die Hoflampe über der Eingangstür war eingeschaltet.

»Es war ein schöner Abend, Martin.« Paula blieb stehen.

»Das Nachtleben von Kloster hat dir also gefallen?«

»Ja, ich habe mich schon seit Langem nicht mehr so amüsiert«, antwortete sie aufrichtig.

»Dann sollten wir das schnellstmöglich wiederholen, solange du noch hier bist.« Die haselnussbraunen Augen blitzten erwartungsvoll.

»Du hast noch mehr Attraktionen als den ›Klabautermann‹ aufzubieten?«, fragte sie herausfordernd. »Da bin ich gespannt.«

»Einen achtundzwanzig Meter hohen Leuchtturm mit traumhaftem Ausblick aufs Meer, dazu eine exklusive Führung durch eine meeresbiologische Forschungsstation.«

»Klingt gar nicht übel.«

Plötzlich wurde er ernst, und Paula nahm an, dass er versuchen würde, sie zu küssen. Aber Martin legte nur die Arme um ihre Schultern und drückte sie freundschaftlich. »Dann sehen wir uns morgen am Leuchtturm, abgemacht?«

»Abgemacht.«

»Schlaf gut«, sagte er leise und drehte sich um. Gedankenverloren blickte Paula ihm nach, doch die kühle Nacht trieb sie ins Haus, bevor er hinter der nächsten Biegung verschwunden war.

5

Das Brechen der Wellen sickerte wie ein leises Murmeln in ihr Ohr, nur hin und wieder durchdrang das Kreischen hungriger Möwen die Stille in ihrem Kopf. Hauchzart streichelte die wärmende Aprilsonne ihr Gesicht. Als Paula die Augen aufschlug und in den wolkenlosen Himmel sah, spürte sie die feuchte, salzige Luft wohltuend in ihre Lungen strömen. Das graue, stürmische Wetter war vorüber, und der Frühling schien endlich aus den Startlöchern zu sein.

Im Schutz der hohen Dünen hockte Paula mit angezogenen Knien am Strand und dachte an den gestrigen Abend. Auch wenn sie es nicht geschafft hatte, die quälenden Gedanken an Jan und Gesine komplett auszublenden, waren die Stunden im »Klabautermann« wirklich schön gewesen. Was vor allem an Martins ungezwungener, lockerer Art gelegen hatte. Über ihren Aufenthalt auf der Insel wollte er nichts weiter wissen, obwohl er deutlich gespürt hatte, dass sie nicht zum Arbeiten gekommen war. Martin schien ein Mann zu sein, der im Hier und Jetzt lebte. Die Vergangenheit und das Morgen interessierten ihn nicht. Was würde sie im Moment darum geben, nur ein wenig von dieser Leichtigkeit zu besitzen! Vermutlich war das der Grund, warum sie sich in Martins Gesellschaft so wohlfühlte. Er verstand es zu unterhalten, sie abzulenken. Plötzlich musste Paula daran denken, wie er sie beim Abschied in den Arm genommen hatte. Irgendwie hatte sie damit gerechnet, dass er sie küssen würde. Oder gehofft? Martins Avancen schmeichelten ihr durchaus, und an der Tür, von Bier und Wein umnebelt, hätte sie sich gern von ihm küssen lassen. Aber beim Erwachen am Morgen war ihr bewusst geworden, dass nur der Trotz gegen Jan aus ihr gesprochen hätte. Martin musste das gespürt haben und war bereit, ihr Zeit zu geben.

Nur hatte sie die noch? Bis zum festgesetzten Abgabetermin bei Hellström blieben zehn Tage. Was bedeutete, sie müsste Hiddensee spätestens übermorgen verlassen, um überhaupt noch etwas Brauchbares abzuliefern. Niemand wusste, wo sie war. Nicht einmal ihr Vater. Ohne ihren USB-Stick mit den Entwürfen platzte der Deal mit dem schwedischen Hotelmogul. Drei Monate schweißtreibende Arbeit, den Auftrag zu ergattern, umsonst. Jan Weller wäre praktisch bankrott. Aber das war es doch, was sie wollte! Ihn leiden sehen, ihn bestrafen, ihn in den Ruin treiben. Warum also tat sie sich so schwer?

Paula hob den Kopf und blickte zum Leuchtturm hinüber. Der weiße Riese thronte über der kleinen Erhebung an der Nordspitze. Martins gestrige Einladung, ihr die Forschungsstation und den Turm zu zeigen, kam ihr in den Sinn. Sie stand auf, zog den Reißverschluss ihres Friesennerzes höher und setzte sich beschwingt in Bewegung. Noch blieben ihr zwei Tage, bis sie eine Entscheidung treffen musste, und die sollte sie möglichst sinnvoll nutzen.

»Hallo? Jemand zu Hause?«

Unbeantwortet hallte Paulas Rufen durch die kleine Finnhütte. Die Tür zur Station stand sperrangelweit offen, doch anscheinend war niemand da. Mit der linken Hand schirmte sie die Augen vor der blendenden Sonne ab und schaute sich suchend um. Die leicht marode, reetgedeckte Hütte der Wissenschaftler lag vielleicht sechzig Meter vom Leuchtturm entfernt. Dazwischen schlängelte sich ein schmaler Wanderweg die kleine Anhöhe hinauf. Eine halbhohe Dornenhecke bot der Unterkunft Schutz vor neugierigen Blicken. Sacht flatterten auf einer Wäscheleine karierte Baumwollhemden, Blaumänner und Boxershorts zum Trocknen im Wind. Unzählige Kisten aus Metall und Holz stapelten sich wild durcheinander auf dem kleinen Areal. Gerätschaften, von denen Paula nicht im Entferntesten eine Vorstellung hatte, wofür man sie benötigte, lagen auf einer grünen Abdeckplane verstreut. Unter einer Sitzgruppe aus hellem Lärchenholz lag ein Paar Gummistiefel vergessen herum. Das hier war unübersehbar das Reich zweier Männer.

Erschöpft ließ sie sich auf die verwitterte Holzbank neben der Eingangstür nieder und schloss die Augen. Ein Spruch ihrer Großmutter kam ihr unwillkürlich in den Sinn. *Seeluft macht müde.* Seit sie auf der Insel weilte, holten die Lebensweisheiten ihrer Großmutter sie ständig ein. Lag es an der kargen, wilden Schönheit der Landschaft, die sie an ihre hanseatische Natur erinnerte, oder einfach nur daran, dass sie eine kluge Frau war? *Bestraft wird, wer bedingungslos vertraut.* Wie recht ihre Großmutter hatte. Seit dem Studium war Gesine ihre beste Freundin gewesen. Sie tauschten die Klamotten, lachten über die gleichen Witze, liebten französische Filme, und wie sich am Ende herausstellte, auch den gleichen Mann.

Als Paula sich vor fünf Jahren in den Inhaber ihrer neuen Firma verliebt und auf eine Affäre eingelassen hatte, war die Freundin stets der rettende Strohhalm gewesen, wenn ihr alles über den Kopf gewachsen war. Jans angeblich unglückliche Ehe, die Heimlichtuerei im Büro, die einsamen, endlosen Stunden an den Feiertagen, die Vorhaltungen ihres Vaters. Gesine nahm sie in den Arm, hörte, ohne zu verurteilen, zu, tröstete sie nachts um drei, auch wenn ein Liebhaber neben ihr schlief. Sie war immer da. Was sollte ihre Freundschaft erschüttern? Sie beide gegen den Rest der Welt. Daher war es nur eine logische Konsequenz gewesen, sie mit ins Boot zu holen, um den Hellströmauftrag zu ergattern. Paula hatte Jan vorgeschlagen, Gesine, die Erfahrung in der Hotelbranche hatte, an den Entwürfen für die Hamburger Nobelherberge mitwirken zu lassen. Wieso hätte sie die Möglichkeit in Betracht ziehen sollen, dass der Jan, dessen Macken und Eigenheiten ihre Freundin seit fünf Jahren in- und auswendig kannte, mehr als berufliches Interesse in ihr wecken würde?

Ein lautes Scheppern ließ sie aufschrecken. Paula riss die Augen auf und entdeckte Simon, der wie ein begossener Pudel neben einer umgeworfenen Blechkiste stand. Er trug einen schwarzen Fleecepullover und starrte sie verlegen an.

»Entschuldige, ich wollte dich nicht erschrecken«, stammelte er.

Warum rechtfertigte er sich? Schließlich hockte *sie* unangemeldet vor seiner Hütte herum.

»Kein Problem, ich bin nur ein wenig eingenickt.« Langsam stand sie auf und ging auf ihn zu. »Ist Martin nicht da?«

Simon griff nach der herabgestürzten Kiste und stellte sie wieder auf den Stapel. Erst jetzt bemerkte sie, dass er barfuß war. Die Hosenbeine seiner verwaschenen Jeans hatte er bis zu den Knien hochgekrempelt. Der Biologe schien ihren prüfenden Blick zu bemerken. Schnell stolperte er Richtung Sitzgruppe, zog die Gummistiefel unter dem Tisch hervor und schlüpfte hinein.

»Martin musste zum Hafen hinunter. Knut hat Probleme mit der Elektrik seiner ›Blauen Anna‹. Gegenwärtig ist die Fährverbindung zwischen Schaprode und Kloster unterbrochen. Und da er das technische Genie unter uns ist …« Vielsagend hob er die Schultern.

»Das ist aber Pech«, sagte sie niedergeschlagen. Martins gute

Laune fehlte ihr. Unschlüssig verschränkte Paula die Arme auf dem Rücken und schaute verträumt zum Leuchtturm hinüber.

»Willst du rauf?«

Überrascht wandte sie sich zu ihm um. Simon stand da, die Hände in den Gesäßtaschen seiner Jeans, und blickte sie mit seinen stahlblauen Augen fragend an. Das schwarze Haar hing ihm tief in die Stirn.

»Geht das denn?«

Aus den Hosentaschen kramte er ein klimperndes Schlüsselbund hervor. Triumphierend hob er es in die Luft. Und zum ersten Mal sah sie ihn lächeln.

»Danke, dass du mit mir da raufgeklettert bist. Die Aussicht ist atemberaubend.«

Etwas verloren stand Paula in dem kleinen Wohn- und anscheinend auch Arbeitsraum der Finnhütte. Sie wusste nicht, ob Simon sie verstanden hatte, denn er klapperte lautstark in der anliegenden Kochnische herum. Der beschwerliche Aufstieg über die gewendelte Treppe auf die zwanzig Meter hohe Aussichtsplattform des Leuchtturms hatte sich wirklich gelohnt. Die klare Sicht hatte einen fantastischen Blick auf die Ostsee, den Bodden und die Insel geboten. Im Südosten konnten sie sogar einen Zipfel der Silhouette Stralsunds erhaschen.

Da Simon weiterhin in der Küche herumhantierte, nutzte Paula die Gelegenheit, sich in der Hütte umzusehen. Unter der Schräge konnte sie unter einem nicht unerheblichen Berg von Zeitungen, Klamotten und Chipstüten ein altes, leicht ramponiertes Sofa ausmachen. Der niedrige Holztisch mit den abgebrannten Kerzen davor hatte etwas Romantisches und wollte nicht so recht in das Bild dieses Männerhaushalts passen. Der offene Türbogen linker Hand der Couch führte in die

Kochnische. An der gegenüberliegenden Wand gab es neben einem riesigen Schreibtisch eine zweite Tür. Paula streckte den Kopf vor und entdeckte zwei zerwühlte Betten, die über Eck standen. Unmissverständlich der Schlafraum. Schnell drehte sie sich weg und ging auf den Schreibtisch zu. Zwischen den beiden Computern lagen wahllos verstreut dicke Aktenordner, Schnellhefter und lose Papiere. Sie nahm einen der mit Kurven und Diagrammen bedruckten Zettel, der sie stark an ihre Mathematikklausuren während des Abiturs erinnerte, in die Hand. Oben links entdeckte sie den Namen des Verfassers: Dr. Simon Wolff. Paula legte das Blatt beiseite. Eine überdimensionale Seekarte der Küste Mecklenburg-Vorpommerns, die über den Schreibtisch ausgebreitet lag, erregte ihre Aufmerksamkeit. Über den gesamten Ostseeraum waren Punkte verteilt – rot, schwarz, blau. Suchend glitt sie mit dem Finger über das raschelnde Papier.

»Da sind wir.«

Erschrocken wandte sie den Kopf zur Seite. Simon stand so dicht hinter ihr, dass sie die Wärme seines Körpers auf ihrem Rücken spürte. Die Ärmel des Pullovers hatte er weit nach oben geschoben und tippte auf die Karte. Paula wusste nicht, was sie mehr verwirrte, sein muskulöser Arm oder der herbe Geruch seines Eau de Toilette. Doch sie fing sich schnell und deutete auf die Punkte.

»Und wofür stehen die?«

»Dort sind Messstationen, um die Verbreitung von Schweinswalen zu erfassen. Akustisches Monitoring.«

Verdutzt blickte Paula zu ihm auf. »Akustisches was?«

Simon lächelte, strich sich eine dunkle Haarsträhne aus der Stirn und knipste die Lampe über dem Schreibtisch an. »Die Population des Schweinswals konnte bisher nur durch das

Sichten per Schiff oder Flugzeug erfasst werden. Leider häufig auch durch die Meldung von Totfunden. Vor zwei Jahren haben wir am Museum ein internationales Projekt gestartet und sogenannte Klickdetektoren in der Ostsee verankert. Diese Geräte registrieren die Echoortungslaute, die Schweinswale zur Orientierung, Nahrungsaufnahme oder Kommunikation aussenden.«

»Und ihr betreibt alle diese Messstationen?«, fragte Paula ungläubig.

»Nur die zehn roten in den deutschen Gewässern.« Er umkreiste den Bereich auf der Karte. »Insgesamt sind es dreihundertvier Klickdetektoren. Durch sie erhoffen wir uns explizite Aussagen zu den Wanderbewegungen der Tiere, aber auch zu Dichte und Häufigkeit.«

»Kommen noch mehr Detektoren dazu?«

»Nein, die Feldphase ist so gut wie abgeschlossen. An einigen Stationen gab es Fehlermeldungen, die müssen wir überprüfen. Darum sind wir hier.«

Paula fiel auf, wie viel Wärme in seinen Worten lag. So sprach nur jemand, der mit Leidenschaft und Begeisterung seiner Arbeit nachging. »Wie kommt man eigentlich darauf, sich dem Schutz des Schweinswals zu verschreiben?«

Simon schien ihre Frage nicht zu überraschen, denn seine Stimme klang unverändert weich. »Ich bin in der Nähe von Kiel aufgewachsen, und als mein Bruder und ich Kinder waren, haben unsere Eltern mindestens zweimal pro Jahr Urlaub an der dänischen Ostseeküste gemacht. Oben in Norddjursland. Für uns Jungs war das immer ein Riesenspektakel, wenn die schwarzen Rücken der Tiere aus dem Wasser aufgetaucht sind.« Er kam ins Schwärmen. »Mein komplettes Taschengeld ist für eine Unmenge an Büchern und Filmen über den

Schweinswal draufgegangen. Von den Kassetten, die mein Vater für den alten Camcorder kaufen musste, ganz zu schweigen.«

»Also hast du dir deinen Kindheitstraum erfüllt?«

Mit verklärtem Blick schaute er wieder auf die riesige Seekarte. »Etwas anderes zu machen, hätte ich mir nie vorstellen können.«

Im Gegensatz zu Martin, der, wie er Paula selbst erzählt hatte, eher zufällig zur Meeresbiologie gekommen war, bedeutete für Simon die Arbeit offenbar mehr, als nur seine Brötchen damit zu verdienen. Noch nie war sie jemandem begegnet, der mit so viel Liebe über seinen Beruf gesprochen hatte. Erneut wollte sie zu einer Frage ansetzen, doch draußen unterbrach das Klingeln eines Handys ihr Gespräch. Simon blickte auf. »Ich glaube, das ist meins. Da muss ich wohl ran.«

Durch den verglasten Giebel verschwand er ins Freie. Nach ein paar Sekunden hörte sie, wie er leise mit jemandem sprach. Sie musste sich eingestehen, dass er wohl doch nicht der griesgrämige Seebär war, für den sie ihn gehalten hatte. Seit zwei Stunden war sie nun hier oben und hatte die Zeit als äußerst angenehm empfunden. Paula fiel auf, dass sie zum ersten Mal Jan und Gesine komplett aus ihren Gedanken verbannt hatte.

»Das war Martin. Die ›Blaue Anna‹ ist widerspenstiger als angenommen. Er wird noch eine Weile brauchen.«

»Schade.« Klang sie enttäuscht?

»Ich darf dich aber auf keinen Fall gehen lassen, bevor er hier ist«, räumte Simon ein. »Hast du Hunger?«

»Nach dem kräftezehrenden Aufstieg erübrigt sich diese Frage, oder?« Paula grinste breit.

Das ausgiebige Frühstück bei Edda war das Letzte, was sie zu sich genommen hatte, und ihr Magen knurrte hörbar. Sie zog den Friesennerz aus und legte ihn über den Drehstuhl vor dem Schreibtisch. Seltsamerweise spürte sie eine gewisse Erleichterung, am Morgen den eng anliegenden roten Seidenpulli aus dem Koffer gefischt zu haben. Simons aufmerksamer Blick quer durch die Hütte entging ihr nicht.

»Nur, wo wollen wir essen?« Mit gerümpfter Nase blickte sie sich in dem Chaos um.

»Wo wir immer essen.« Er deutete mit dem Kinn auf die hölzerne Sitzgruppe vor der Finnhütte.

»Oh.«

Ohne ein weiteres Wort steuerte er auf sie zu, setzte die Brille ab und zog seinen Pullover über den Kopf. Unwillkürlich starrte Paula auf seinen durchtrainierten Oberkörper, der sich unter dem weißen Shirt abzeichnete. Sein zerwühltes Haar ließ ihn noch attraktiver erscheinen. Was war nur los mit ihr?

Grinsend reichte er ihr den Fleecepullover. »Damit können wir die ganze Nacht draußen verbringen.«

In der einsetzenden Dämmerung spiegelte sich die tief stehende Sonne in der Ostsee und ließ das dunkle Wasser in tausend Orangeschattierungen glitzern. Auch jetzt war keine einzige Wolke am Abendhimmel auszumachen. Als Simon mit zwei dampfenden Kaffeetassen aus der Hütte trat, ging Paula auf ihn zu und nahm ihm dankbar eine ab. Mit einem Nicken deutete er auf den Holztisch, auf dem noch immer das Geschirr vom Abendessen stand. Im Handumdrehen hatte er aus den Resten des Kühlschranks ein herrliches Gericht mit Kartoffeln, Zwiebeln, Speck und Eiern gezaubert, was sie irgendwie beeindruckend fand. Wenn Jan bei ihr war, bestellten sie Sushi, oder er brachte eine lauwarme Pizza mit.

Während sie auf den Holzbänken Platz nahmen, zündete Simon mit einem Feuerzeug die Blockkerze in dem satinierten Windlichtglas an. Eine Weile tranken sie schweigend ihren Kaffee.

»Es ist unglaublich schön hier«, sagte Paula schließlich. Nicht weil ihr die Stille zwischen ihnen unangenehm war, sondern weil es das war, was sie genau in diesem Moment empfand.

»Stimmt«, pflichtete Simon ihr bei. »Durch meine Arbeit habe ich fast jeden Zipfel der Ostsee zu Gesicht bekommen, aber Hiddensee hat schon seinen ganz besonderen Reiz. Vor zehn Jahren bin ich zum ersten Mal hier gewesen und habe mich sofort in die Insel verliebt.«

»Hast du deshalb im Ozeaneum angefangen?« Verschmitzt grinsend deutete Paula zur Finnhütte. »Um öfter hier draußen zu sein?«

»Inselromantik unterm Schilfdach? So stellst du dir also wissenschaftliche Arbeit vor?« Mit gespielt verärgertem Blick musterte er sie streng. Dann lächelte auch er und griff nach seiner Tasse auf dem Tisch. Sein rechter Daumen fuhr langsam am Porzellan entlang. »Nein, im Ernst. Am Ozeaneum gibt es einfach hervorragende Bedingungen für die Walforschung. Als Meeresbiologe ist es ein ungeheures Glück, dort arbeiten zu dürfen.«

»Ihr kommt viel herum, oder?« Paula erinnerte sich an Martins Äußerung, dass er und Simon sich während eines mehrmonatigen Aufenthalts in Norwegen kennengelernt hatten.

»Für die Forschung ist die praktische Arbeit unerlässlich. Und internationale Projekte gehören nun mal dazu«, erwiderte Simon und schaute zur Finnhütte. »Obwohl ich schon glücklich bin, dass uns das Monitoringprogramm in den letzten beiden Jahren ermöglicht hat, für einen längeren Aufenthalt hierherzukommen.«

»Weil einem dann die Zeit bleibt, die Schönheit der Insel zu erkunden«, sagte Paula leise.

»Martin meint, du willst abreisen.« Er hob die Tasse an den Mund, über deren Rand hinweg er sie abwartend anschaute. Ohne das schwarze Brillengestell wirkten seine Gesichtszüge weich. Einfühlsam. Das karierte Hemd, das er von der Leine genommen und übergezogen hatte, trug er aufgeknöpft. Die kühle Brise, die vom Wasser heraufzog, schien ihm nichts auszumachen.

»Ich möchte bleiben, am liebsten für immer.« Nachdenklich nippte Paula an ihrem Kaffee und starrte gedankenverloren in das flackernde Kerzenlicht.

»Gibt es niemanden, der zu Hause auf dich wartet?«

Sie hob den Kopf zum Leuchtturm. Wie sollte sie ihm das nur erklären? Ja, ich werde erwartet. Ziemlich dringend sogar. Doch diesem Mann geht es nicht um mich, sondern nur um den USB-Stick in meinem Koffer.

»Außer einem zornigen, verheirateten Liebhaber, der zugleich mein Chef ist und mich mit meiner besten Freundin betrogen hat ... niemand.«

Welche Reaktion ihre Worte in ihm auslösten, konnte sie nicht sagen. Sein Gesichtsausdruck blieb ohne Regung.

»Wie bist du dahintergekommen?«

Diskretion schien offenbar nicht zu seinen Stärken zu zählen. Aber sie hatte damit angefangen, also musste sie es auch zu Ende führen. »Jan betreibt ein Architekturbüro, für das ich als leitende Innenarchitektin arbeite. Er benötigt dringend den Auftrag für die Inneneinrichtung eines Hamburger Nobelhotels. Meine ...« Sie hielt kurz inne. Das so vertraute Wort wollte nicht über die Lippen. »Gesine hat bereits für eine große Kette in den Staaten gearbeitet, also habe ich ihm eine Zusammenarbeit vorgeschlagen.« Der alte, wohlbekannte Schmerz machte sich breit. »Um den Bauherrn von seinen eigenen Vorstellungen zu überzeugen, ist das Musterzimmer für jeden Bewerber ein Muss. Nur so kann man testen, ob die Zimmer nicht nur Komfort bieten, sondern auch funktional sind.« Sie schluckte. »Ich habe die beiden im Hotel gesehen. Nun ja, sie wollten eben auf Nummer sicher gehen, dass die Ausstattung in jeder Hinsicht funktioniert.«

»Manchmal erscheinen uns die Dinge anders, als sie sind«, erwiderte er vorsichtig.

»Ich kann dir versichern, Simon, das Hüpfen ihrer prallen Brüste hätte auch dich überzeugt.«

Die Bilder, die sie seit Tagen zu verdrängen versuchte, flammten wieder vor ihrem inneren Auge auf. Sie hatte wie jeden Abend über den Entwürfen im Büro gehockt und Jan bei seiner Ehefrau gewähnt, da stellte sie plötzlich fest, dass Gesine die Mappe mit den Stoffmustern im Hotel vergessen hatte. Auch jetzt war sie unentschlossen, ob sie ihre Eingebung, hinüberzufahren, bedauern sollte oder nicht. Das, was sie dort erwartete, hätte sie nie zu denken gewagt. Über die unverschlossene Tür zum Musterzimmer hatte sie sich nur kurz gewundert. Denn als sie die Suite betrat und das leise, gierige Stöhnen aus dem Schlafzimmer vernahm, glaubte sie, einer der Manager vergnügte sich auf Kosten des Hauses mit einer Angestellten. Auf Zehenspitzen war sie in das Bad geschlichen, hatte lautlos nach der Mappe gegriffen und wollte unbemerkt verschwinden. Nur das lauter werdende Keuchen des Mannes und der Name, den er immer wieder hechelnd ausstieß, ließ sie zusammenzucken. Mit klopfendem Herzen hatte sie ein paar Schritte in Richtung der Schlafzimmertür gewagt, die einen Spalt offen stand. Jans nackter Körper, der rücklings über dem schwankenden Wasserbett lag und lustvoll seine Hüften unter der auf ihm sitzenden Frau bewegte, hatte sich für immer in ihr Gedächtnis eingebrannt. Und der Blick in Gesines lüsterne Augen gab ihr den Todesstoß. An die Rückfahrt ins Büro konnte sie sich nicht mehr erinnern. Doch die Wut, die sie verspürt hatte, als sie die kompletten Entwürfe auf ihren USB-Stick gezogen und Jans Kreditkarte aus dem Tresor gestohlen hatte, um die Buchung zu tätigen, war noch immer da.

»Es geht vorbei.«

Verwirrt blickte sie auf.

»Der Schmerz, er geht vorbei.« Simons sanfte Stimme holte sie zurück.

Schnell senkte sie die tränengefüllten Augen auf den Inhalt ihrer Tasse und ließ mit zittrigen Fingern den Rest ihres Kaffees kreisen. Er sollte sie nicht weinen sehen.

»Ich weiß nur nicht, von wem ich mich mehr verraten fühle«, sagte sie matt. »Von der Freundin, die mein zweites Ich war, oder dem Mann, dem ich, ohne etwas zu fordern, die besten Jahre meines Lebens geschenkt habe.«

»Seine Ehe hat nie zwischen euch gestanden?«, wollte er wissen.

»Nein, ich kannte die Spielregeln.« Sie suchte nach den richtigen Worten. »Jan war von Anfang an ehrlich zu mir. Er gab mir eindeutig zu verstehen, dass nie mehr zwischen uns sein wird. Eine Scheidung würde es nicht geben.« Sie lachte bitter auf. »Was war ich nur für ein Schaf! Ich glaubte, er gehöre doch schon jetzt viel mehr mir als seiner Ehefrau. Schließlich sahen wir uns den ganzen Tag im Büro, auf Dienstreisen und regelmäßig in meiner Wohnung. Die Entscheidung für den Beruf und gegen Kinder hatte ich schon lange vor unserem Kennenlernen getroffen. Mir fehlte nichts.«

Sie sah ihn an. Die Sanftheit in seinen Augen war einem fast unmerklichen Entsetzen gewichen. Hatte sie ihn schockiert? Doch wie konnte sie einem Mann, den sie kaum kannte, offenbaren, dass sie immer gehofft hatte, Jan würde seine Frau irgendwann verlassen? Für ein neues Leben mit ihr und einem eigenen Kind.

»Ist dir kalt?« In seiner Stimme lag die Wärme von vorhin.

Sie nickte stumm. Eilig erhob sich Simon und trat auf die Hütte zu. Die Dämmerung war bereits so weit vorangeschritten, dass Paula nur noch die Konturen seiner hochgewachsenen Gestalt erkennen konnte. Sie hörte das Quietschen der Eingangstür, und hinter dem verglasten Giebel ging das Licht an. Der kleine Platz lag im Halbschatten. Sie stand auf, schlug fröstelnd die Arme um den Oberkörper und trat hinter die Dornenhecke. Das Licht des sichelförmigen Mondes, der tief über den dunklen Dünen hing, funkelte hell auf der schwarzen Ostsee.

Plötzlich fühlte Paula eine wohlige Wärme auf ihrem Rücken. Als sie sich umblickte, um nach der Decke zu greifen, war Simons Gesicht nur wenige Zentimeter entfernt. Das Blau seiner Augen unergründlich. Wolkenblau, dachte sie, seine Augen waren wolkenblau. Wie der Himmel über dem Deich bei ihren Großeltern, wenn an heißen Sommertagen ein Gewitter über der Nordsee heraufgezogen war. Staunend hatte sie dagestanden und ehrfurchtsvoll die weißen fliehenden Wolken an einem stahlblauen Himmel betrachtet. Wolkenblau. Eine Farbe, die nur ihr gehörte.

Unsicher fasste sie auf ihre Schulter und spürte zwischen

dem weichen Stoff seine Hand, die behutsam ihren Arm hinunterglitt.

»Ich hoffe, ihr habt euch gelangweilt ohne mich.«

Martins fröhliche Stimme ließ sie zusammenfahren. Unwillkürlich rückten sie einen Schritt auseinander und hoben die Köpfe über die halbhohe Hecke. Im Eiltempo kam Martin, eine Flasche Wein schwenkend, den schmalen Sandpfad hinauf.

»Mein Arbeitslohn für einen halben Tag Arbeit. Wir sollten im Museum kündigen und bei Knut anheuern.« Er lachte vergnügt.

Simon löste sich als Erster aus der Starre und machte sich daran, das restliche Geschirr abzuräumen. Weil Paula die ganze Situation befremdlich fand, wollte sie irgendetwas tun und griff nach den kalten Kaffeetassen.

»Ich mach das schon.« Er versuchte, gleichgültig zu klingen, aber sie hörte seine Enttäuschung.

Mittlerweile hatte Martin die Hütte erreicht und steuerte auf sie zu. »Danke, dass du so lange bei dem mürrischen Kerl ausgeharrt hast.« Grinsend deutete er in Richtung Simon. »Er ist nicht immer so gewesen.«

»Lass gut sein, Martin«, entgegnete Simon resigniert und stapfte mit dem klappernden Porzellan davon.

6

»Ich habe gar nicht bemerkt, dass jemand im Garten ist. Ich hoffe, Sie fühlen sich nicht durch meine Anwesenheit gestört.«

Zwischen dichten Rhododendronbüschen und kunstvoll beschnittenen Buchsbäumen steuerte Edda, in lila Gartenclogs und mit einer Zinkgießkanne bewaffnet, auf den Liegestuhl zu. Paula schob die Sonnenbrille auf den Kopf und blickte die Pensionswirtin freundlich an.

»Machen Sie sich keine Sorgen, es ist alles in bester Ordnung«, beruhigte sie die ältere Dame. »Ich wollte nur ein bisschen die Sonne genießen.«

»Ein herrlicher Tag, nicht wahr?«, pflichtete Edda ihr bei.

Paula konnte ihr nur zustimmen. Als sie am Morgen zum Joggen aufgebrochen war, hatte sie bereits deutlich gespürt, dass dem wolkenlosen, sonnigen Himmel von gestern nun endlich auch die warme Frühlingsluft folgen würde. Nach einer ausgiebigen heißen Dusche und einem leichten Frühstück hatte sie sich sogleich in den verträumten Garten der Pension zurückgezogen. Und tatsächlich, sie schaffte es, vier Kapitel ihres Krimis am Stück zu lesen.

»Wenn Sie möchten, kann ich Ihnen gern eine Tasse Pfefferminztee hinausbringen«, bot die Frau einladend an.

»Oh, nein! Vielen Dank.« Paula ließ den Liegestuhl in die aufrechte Sitzposition gleiten und schaute auf die Uhr ihres Handys. »Ich muss mich beeilen, in einer knappen Stunde geht die Fähre nach Schaprode.«

»Sie wollen einen Ausflug machen?« Edda stellte die Kanne auf den Rasen und schaute sie fragend an.

»Ja, ich bin mit Martin verabredet. Er will mir unbedingt die Altstadt von Stralsund zeigen und natürlich das Ozeaneum«, entgegnete sie.

»Unser Martin vom Meeresmuseum?« Die ältere Frau legte den Kopf schief und musterte Paula neugierig. Hatte sie einen missbilligenden Unterton in ihrer Stimme gehört?

»Ja, Martin Grothe. Wir haben uns unten im ›Lütt Eck‹ kennengelernt.«

Aber Edda nickte verständig. »Dann werden Sie sicher einen interessanten Tag haben, Martin ist ein sehr angenehmer Gesprächspartner.«

Jedoch verriet der nüchterne Blick in ihren Augen, dass sie das nicht aus Überzeugung sagte. Sie griff nach der Kanne, wünschte ihr viel Spaß und trottete den Weg zurück, den sie gekommen war.

Verwundert schaute Paula der Frau nach. Wieso wurde sie das Gefühl nicht los, dass ihre netten Worte im Widerspruch standen zu dem, was sie eigentlich dachte? Natürlich kannte Paula Martin kaum. Doch seine ungezwungene, lockere Art brachte sie stets zum Lachen und lenkte sie ab. Und darum war sie schließlich hier, einfach um alles zu vergessen. Obwohl sie sich insgeheim eingestehen musste, dass es ihr gutgetan hatte, endlich mit jemandem über Jan und Gesines Fehltritt zu sprechen. Den unterdrückten Schmerz endlich zuzulassen. Doch es war nicht Martin, sondern Simon, dem sie sich so offen anvertraut hatte. Sofort spürte sie wieder das flaue Gefühl im Magen. Seine sanfte, einfühlsame Art, der unergründliche Blick seiner blauen Augen, die Hand auf ihrem Arm. Das alles hatte sie verwirrt, und noch immer wusste sie nicht, wie sie sein Verhalten deuten sollte.

Nachdem Martin die Flasche Wein entkorkt und gut gelaunt

drei Gläser aus der Küche geholt hatte, war Simon nicht wieder aufgetaucht. Paula hatte versucht zu verbergen, dass sie nun eigentlich auch keine große Lust mehr verspürte, unter dem klaren, kalten Sternenhimmel Martins Anekdoten zu lauschen. Aber ihr Verehrer war ein aufmerksamer Beobachter und hatte nach einer halben Stunde angeboten, sie zur Pension zu begleiten. Und das schlechte Gewissen, das sie plagte, hatte es zugelassen, dass Martin sie an der Tür küssen durfte. Nicht fordernd, nur ganz sanft und behutsam drückte er seine Lippen auf ihren Mund. Als er keine Gegenwehr spürte, zog er sie an sich und begann mit seiner Zungenspitze, die ihre zu umspielen. Es war ein kurzer, zarter Kuss, der Martin Hoffnung auf mehr machte. Warum sie diese auch noch nährte, indem sie seine spontane Einladung nach Stralsund angenommen hatte, wusste sie selbst nicht so genau. Denn der herbe Geruch des schwarzen Fleecepullovers, den sie später auf ihrem Zimmer abgestreift hatte, hatte sie an das erinnert, was ihr Herz eigentlich begehrte.

Paula schüttelte die Gedanken ab, griff nach ihrem E-Book-Reader und ging auf das reetgedeckte Haus zu. Sie musste sich jetzt wirklich sputen, denn bis Knut mit der »Blauen Anna« ablegen würde, blieben ihr gerade einmal fünfundvierzig Minuten. Zum Glück spielte heute das Wetter mit. Die Vorstellung, in dem gelben Friesennerz über das mittelalterliche Kopfsteinpflaster Stralsunds zu laufen, beschwor doch ein skurriles Bild in ihr herauf. Der rote Trenchcoat würde sich an diesem warmen Apriltag als ein idealer Begleiter erweisen.

Sie machte ein paar Schritte auf den rückseitigen Wintergarten zu, durch den sie auch den Garten betreten hatte. Doch bevor sie die blanke Messingklinke ergreifen konnte, wurde die Tür von innen aufgestoßen. Einen Augenblick starrten sie sich an, verharrten in ihrer Bewegung.

Paula fing sich zuerst. »Hallo Simon!«

»Guten Morgen.« Klang seine Stimme verändert? Distanziert?

»Wolltest du zu mir?« Sie brachte ein zaghaftes Lächeln zustande.

Kopfschüttelnd deutete er hinter sich. »Nein. Eddas Computer streikt, das Buchungssystem ist abgestürzt. Ich wollte mal draufschauen.«

Natürlich, wie konnte sie auch glauben, dass er ihretwegen gekommen war.

»Sie ist im Garten«, sagte sie kaum hörbar.

»Danke.« Simon trat ins Freie und ging mit gesenktem Kopf an ihr vorbei.

Die schwarze Brille ließ ihn blass erscheinen. Er trug das karierte Hemd vom Abend, die Ärmel hatte er bis zu den Ellbogen hochgekrempelt. Die grüne Cargohose und die Outdoorschuhe waren neu. Warum blieb er so kühl?

»Hast du einen Moment für mich?«

Abrupt blieb er stehen und drehte sich langsam um. »Bist du nicht mit Martin am Fähranleger verabredet?«

»Ja, richtig, aber ich möchte unbedingt etwas loswerden.«

Kurz blickte Simon über die Schulter zurück in den Garten. So als ob er ihr signalisieren wollte, dass er keine Zeit für sie hatte. Doch Paula ließ sich nicht beirren. Fest schaute sie ihm in die Augen. »Ich wollte mich bei dir bedanken.«

»Für den Kaffee?«, fragte er gereizt.

»Für unser Gespräch. Es hat gutgetan, mit jemandem darüber zu reden«, gestand sie ihm. »Auch wenn ich noch immer nicht weiß, wie ich mich entscheiden soll.«

Das hohe Reetdach warf einen dunklen Schatten auf sein Gesicht, doch Paula entging der Funken Abneigung in seinen Augen nicht. Seine Lippen bildeten einen schmalen Strich. »Ich bin nicht gut in solchen Dingen, Paula. Mit diesen Spielregeln bin ich nicht vertraut. Doch einen Rat kann ich dir geben. Reiß keine neuen Wunden auf, solange die alten nicht vernarbt sind«, presste er leise hervor. Dann wandte er sich dem Garten zu und verschwand eilig zwischen den Rhododendrenbüschen.

»Worauf hast du Lust? Spitzenküche in einem alten Gewölbekeller oder Fischbrötchen am Hafen?«

Paula saß neben Martin auf einer weißen Holzbank und beobachtete das Einlaufen der »Blauen Anna«. Das überraschend warme, sonnige Wetter lockte bereits die ersten Tagestouristen nach Hiddensee. Dicht gedrängt standen sie mit entspannten, sorglosen Gesichtern hinter der Reling und freuten sich auf einen unbeschwerten Tag am Meer.

»Um ehrlich zu sein, die Kühle eines alten Gewölbes klingt bei diesen Temperaturen nicht so verlockend«, entgegnete Paula. »Ein Fischbrötchen erscheint mir eine vielversprechende Alternative.«

Dass sie nach dem unerwarteten Zusammentreffen mit Simon keinen Appetit verspürte, gestand sie ihm nicht. Sein abweisendes Verhalten tat ihr weh. War er sauer, weil sie mit Martin einen Ausflug machte? Hatte er von dem Kuss erfahren? Aber was warf er ihr eigentlich vor? Seit dem Abend im »Klabautermann« musste ihm doch klar sein, welche Absichten Martin hegte. Die Spielregeln hatte doch er gebrochen. Seine Blicke, der zärtliche Griff seiner Hand. Der Freund war nicht da, und er nutzte die Situation schamlos aus. Aber vielleicht bildete sie sich auch alles nur ein, und sie war ihm völlig gleichgültig. Sein einfühlsames Verständnis war vielleicht nur pure Freundlichkeit gewesen.

»Wo wollt ihr denn beide hin?«

Eine helle Frauenstimme riss Paula aus ihren Grübeleien und ließ sie aufsehen. Die rothaarige Kellnerin aus dem Café war in hautengen Leggings und flaschengrünem Longpulli vor ihrer Bank aufgetaucht. Grün war eindeutig ihre Farbe, sie sah toll aus.

»Hallo Vicky«, begrüßte Martin sie gut gelaunt.

Sie hatte also einen Namen. Viktoria. Der Name einer Königin.

Mit freundlichem Blick reichte sie Paula ihre maniküre Hand. »Wir kennen uns ja schon. Aber trotzdem. Ich bin Vicky.«

»Paula.« Sie klang piepsig. Wieder fühlte sie sich in der Gegenwart dieser Frau wie eine graue, unscheinbare Maus.

Inzwischen war Martin aufgesprungen. »Ich will meinem bezaubernden Inselgast Stralsund zeigen, Ozeaneum, Altstadt, das ganze Programm. Zum Abend sind wir wieder zurück.«

Vicky nickte lächelnd. »Dann wünsche ich euch viel Spaß.«

»Wollen wir nicht heute Abend zusammen im ›Klabautermann‹ einen Absacker nehmen?«, schlug Martin vor. »Sagst du Simon Bescheid?«

Paula wurde hellhörig. Natürlich! Sie hatte es um ein Haar völlig vergessen, das innig vertraute Bild der beiden an dem Tanzabend in der Kneipe.

»Wenn er sich denn endlich mal Zeit für mich nimmt.« Vicky lachte auf.

Martin schaute sie verwundert an. »Was ist los?«

»Wir waren gestern verabredet, aber unter irgendeinem fadenscheinigen Grund hatte er kurz vorher abgesagt.«

»Oh, das hast du wohl mir zu verdanken. Ich hatte einen Spezialauftrag für ihn«, räumte er augenzwinkernd ein.

Paula war Martin dankbar, dass er der Frau nicht den wahren Grund für Simons Fernbleiben verraten hatte. Denn der schwarze Fleecepullover auf ihrer Bettdecke löste in ihr sofort ein schlechtes Gewissen aus.

»In Ordnung. Ich spreche mit ihm wegen des Absackers«, versicherte Vicky und nahm den Weg in Richtung Dorf.

»Aber nicht, dass wir auf euch warten und ihr dann doch Besseres zu tun habt«, rief Martin hinterher.

Sie blickte grinsend über ihre Schulter. »Wer weiß. Simon hat mir heute Morgen versprochen, dass mich der Himmel auf Erden für gestern entschädigt.«

Die scharfe Klinge des Messers bohrte sich tief in Paulas Brust. Es wunderte sie nicht, dass es noch da war. Doch der höllische Schmerz, den es verursachte, überraschte sie.

Leise klickte die Tür ins Schloss. Paula lehnte sich mit dem Rücken an das glatte Kiefernholz und atmete ein Weilchen tief ein und aus. Was für ein Tag! Kraftlos ließ sie die Handtasche auf den Boden fallen, streifte ihren Mantel und die neuen Schuhe ab und schlich, ohne das Deckenlicht einzuschalten, zu ihrem Bett. Sie zog die Knie bis an ihren Oberkörper heran und blieb zusammengerollt auf der Tagesdecke liegen.

Martin hatte nicht zu viel versprochen, der Ausflug nach Stralsund hatte sich wirklich gelohnt. Das leuchtende Rot der imposanten Backsteingotik, die eindrucksvollen Kirchen, die Schaufassade des alten Rathauses, die farbenfrohen Giebelhäuser und natürlich das Ozeaneum. Martin kannte zu allen

Sehenswürdigkeiten Zahlen, Fakten und endlose Geschichten. Wenn sie es nicht besser wüsste, hätte sie annehmen können, er verdiene sein Geld als hauptberuflicher Fremdenführer. Was ihm aber sichtlich am meisten Spaß bereitet hatte, war, sie durch seine Arbeitsräume zu führen. Mit geschwellter Brust hatte er ihr die Gerätschaften und technischen Verfahren im Labor erklärt. Wenngleich sie nicht viel seiner Fachsimpelei tatsächlich verstand, hatte sie ihm lächelnd dabei zugehört. Doch sosehr Martin sich den Tag über auch bemüht hatte, Vickys rauchige Stimme schwirrte die ganze Zeit in ihrem Kopf. *Den Himmel auf Erden.*

Simon und Viktoria waren ein Paar! Wie konnte sie so töricht sein und glauben, er fühle sich zu ihr hingezogen, in seine Blicke und Berührungen mehr hineininterpretieren als zuvorkommende Höflichkeit? Aber was machte sie so sicher, dass er nicht genau wie Jan den Auftrag der Evolution, der Mann habe seinen Samen möglichst nach dem Gießkannenprinzip zu verstreuen, geflissentlich erfüllte? Den einfühlsamen Fremden spielen, dem betrogenen Schaf ein paar verständnisvolle Worte ins Ohr hauchen und die sich ihm bietende Gelegenheit beim Schopfe packen. Paula war wütend. Wütend auf Jan, dessen Gier nach nackter Haut sie auf diese verdammte Insel getrieben hatte, wütend auf Gesine, die dem Hunger nach Wollust nicht widerstehen konnte, wütend auf Vicky, die das besaß, was sie wollte, aber vor allem war sie wütend auf Simon, der mit ihr spielte, obwohl ihr inneres Chaos wie ein offenes Buch vor ihm lag.

Martins Enttäuschung, als sie ihm beim Verlassen der »Blauen Anna« erklärt hatte, sie sei zu müde für einen Abstecher in den »Klabautermann«, kam ihr in den Sinn. Doch Vickys aufreizendes Lachen und Simons abweisenden Blick ertrug sie nicht ein zweites Mal an diesem Tag.

»Wir können das nachholen«, hatte Martin verständig eingeräumt. Nur der Kuss, unten vor Eddas Pension, gab Paula eindeutig zu verstehen, dass er auf sie nicht mehr länger warten wollte. Die scheue Zurückhaltung von gestern wurde von einem leidenschaftlichen Verlangen verdrängt. Doch als der weiche Griff seiner Hand auf ihrem Po in ein festes Kneten wechselte, löste sie sich aus seiner Umarmung.

»Danke, Martin. Es war ein sehr schöner Ausflug.«

Die Hand fiel herab, die haselnussbraunen Augen blickten enttäuscht. »Du bist eine tolle Frau, Paula. Ich kann warten.« Mit hängenden Schultern war er auf dem grauen Pflasterweg davongeschlichen.

Was hatte sie nur angerichtet? Sie machte Martin Hoffnungen auf etwas, was sie ihm nicht geben konnte, und sehnte sich gleichzeitig nach Simon, der einer anderen gehörte. Ihr Entschluss stand fest. Morgen reiste sie ab. Sie würde ihren Koffer packen, Edda bitten, eine Rechnung auf Jans Kreditkartenanschrift auszustellen, und Hiddensee still und heimlich mit der nächsten Fähre verlassen. Noch war es nicht zu spät, die neuen Wunden noch nicht zu tief.

7

Nachdenklich faltete Paula den gelben Friesennerz zusammen und legte ihn obenauf in ihren Koffer. Hier würde sie die Wetterjacke nicht mehr brauchen und zu Hause in die unterste Schublade ihrer Kommode verbannen. Nichts sollte sie mehr an die Insel und den Grund, warum sie überhaupt gekommen war, erinnern. Hatte sie alles verstaut? Langsam ließ sie ihren prüfenden Blick durch das kleine Pensionszimmer schweifen. Er blieb schließlich am Bett hängen. Simons Fleecepullover lag verknautscht auf ihrem Kissen. Sofort perlten die guten Vorsätze, nicht mehr an ihn zu denken, von ihr ab. Paula streckte die Hand nach dem weichen Stoff aus. Sollte sie eine spätere Fähre nehmen und Simon den Pullover zur Forschungsstation bringen? Nein! Das alles hatte keinen Sinn.

Energisch klappte sie den Kofferdeckel hinunter, und das Schnappen der Schlösser hallte geräuschvoll durch das Zimmer. Sie schlüpfte in ihren Trenchcoat, hängte sich die Handtasche über die Schulter und zog, ohne sich noch einmal umzusehen, den Rollkoffer durch die Tür. Der Fleecepullover blieb auf der karierten Tagesdecke zurück.

Paula hatte Glück. Edda saß hinter der kleinen Rezeption und tippte mit ihrem rechten Zeigefinger bedächtig auf der Computertastatur herum. Die Frau war so tief in ihre Tipperei versunken, dass sie Paula nicht kommen hörte. Das helle Läuten der Tresenglocke ließ sie erschrocken hochfahren.

»Ach, Fräulein Hennings, ich habe Sie gar nicht bemerkt.« Sie nahm ihre randlose Brille ab und stand behäbig von dem Drehhocker auf.

»Macht er wieder Probleme?« Paula deutete mit dem Kinn auf den erleuchteten Bildschirm.

»Sie wissen ja, wie das ist. Die Technik macht, was sie will. Simon hat mir eine lange Liste gemacht, wann ich wo drücken muss, aber ich bin dafür wohl mittlerweile zu alt«, sagte sie mit einem Seufzen.

»Soll ich Ihnen ein Geheimnis verraten? Wenn mein Computer streikt, muss ich meinen dreizehnjährigen Neffen um Hilfe bitten.«

Edda winkte lächelnd ab. »Wer weiß, wo das noch hinführt. Aber nun zu Ihnen: Was kann ich für Sie tun?«

»Ich möchte abreisen. Das Zimmer können Sie natürlich für den gebuchten Zeitraum abrechnen.«

»Sie wollen uns verlassen?« Edda schien überrascht.

»Es muss sein. Die Dinge haben sich leider anders entwickelt als erhofft.«

»Oh, das tut mir leid«, sagte Edda ernst. »Wenn Sie mir meine direkten Worte gestatten, ich hatte das Gefühl, dass der Aufenthalt auf unserer Insel Ihnen guttut. Sie wirkten sehr gelöst, als wir uns gestern im Garten begegnet sind.«

Ja, da glaubte sie auch noch, Simons einfühlsame Stimme war keine Show.

»Ist auf dem Ausflug etwas vorgefallen?«

»Wie bitte?« Perplex schaute Paula die kleine gedrungene Gestalt ihr gegenüber an. Worauf wollte sie hinaus?

»Ach, verzeihen Sie mir meine Neugier.« Schnell drehte die Pensionsinhaberin sich weg und wühlte vernehmbar zwischen einem Stapel loser Papiere umher. »Selbstverständlich berechne ich Ihnen nur den Preis für die genutzten Tage. Ich brauche nur noch eine Unterschrift.« Sie war wieder ganz die geschäftige Unternehmerin und reichte Paula ein Formular.

»Haben Sie einen Stift?« Paula wollte nicht weiter nachbohren, was hinter Eddas merkwürdigen Frage steckte. In einer halben Stunde verließ sie Hiddensee Richtung Hamburg, und das ganze Gefühlschaos blieb für immer zurück.

Schwungvoll setzte sie ihren Namen auf das Papier. Zuvor hatte sie sich vergewissert, dass links oben die Anschrift von Jans glücklichem Heim auf der Rechnung stand. Seine Ehefrau würde es erfreut zur Kenntnis nehmen.

»Vielen Dank für alles.« Paula reichte der Frau die Hand.

»Auf Wiedersehen, Fräulein Hennings.«

Sie nahm ihren Koffer und strebte auf den Ausgang zu.

»Ach, entschuldigen Sie.«

Paula drehte sich um. Mit leicht betretenem Blick schaute Edda sie an. »Ich hatte ja völlig vergessen, dass im Garten jemand auf Sie wartet.«

Das Kribbeln im Bauch war wieder da.

»Lassen Sie Ihren Koffer ruhig stehen, da stört er niemanden.« Die Pensionsinhaberin deutete auf das silberne Monstrum.

Mit schnellen Schritten durchquerte Paula die Rezeption. Durch die hohen Scheiben des Wintergartens versuchte sie, einen Blick auf ihren Besucher zu werfen, doch außer Eddas prachtvollem Grün konnte sie nichts entdecken. Sie drückte die Klinke hinunter und trat ins Freie.

»Hallo Paula!«

Ihr Herz setzte kurz aus. Aber nicht, weil dort der Mann stand, den sie gehofft hatte zu finden. Die Hände lässig in die Hosentaschen vergraben, lehnte Jan mit angewinkeltem Bein an der Hauswand und grinste sie breit an.

»Ich habe Gesine aus unserem Hellströmprojekt geschmissen.

Du musst sie nicht wiedersehen, wenn du nicht willst.« Vorsichtig tastete Jan zwischen den Kaffeetassen hindurch nach ihrer Hand.

Seine Berührung ließ sie unweigerlich zusammenzucken. Schnell lehnte Paula sich in das weiche Polster zurück, legte die zitternden Hände in den Schoß und blickte durch die quadratischen Sprossenfenster auf das muntere Treiben vor dem Café. Auch heute hatte das sonnige Hochdruckwetter wieder zahlreiche Tagestouristen auf die Insel gelockt, ein bunter, unermüdlicher Strom auf der Suche nach dem sonnigsten Flecken des Eilands.

Nachdem Paula sich von ihrem ersten Schreck erholt hatte, war sie, wenn auch nur widerwillig, auf Jans Vorschlag, er könne ihr alles erklären, eingegangen. Den ganzen Weg von der Pension bis ins Dorf hatte er in einem fort geredet. Seinen Fehltritt hätte er sofort bereut. Noch im Musterzimmer hätte er Gesine unmissverständlich klargemacht, dass die Zusammenarbeit beendet sei. Er würde ihr das entgangene Honorar selbstverständlich bezahlen. Ein hoher Preis für ein paar Minuten lüsterne Begehrlichkeit, dachte Paula. Als sie am nächsten Tag weder auf Arbeit erschienen noch telefonisch zu erreichen gewesen sei, sei er misstrauisch geworden und hätte geglaubt, Gesine hätte ihr alles erzählt. Er sei völlig fertig gewesen, als sie ihm die Wahrheit offenbarte.

Sollte Paula ihn auch noch bemitleiden? Den Rest seiner Bitte um Absolution hatte sie nicht mehr gehört. Wie durch Ohrstöpsel, die sie als Kind beim Schwimmunterricht tragen musste, waren seine flehenden Worte dumpf zu ihr vorgedrungen. Irgendwann standen sie schließlich vor Vickys Café, und die Sucht nach dem lebensrettenden Koffein ließ Paula alle Bedenken über Bord werfen und bei ihr einkehren.

»Warum ausgerechnet sie, Jan?« Herausfordernd streckte Paula das Kinn vor und versuchte, seinem Hundeblick standzuhalten. Fahrig lockerte er die dunkelblaue Krawatte und öffnete den obersten Knopf seines weißen Hemdkragens. Das graue Sakko war trotz der langen Anreise knitterfrei.

»In den letzten Wochen gab es nur noch diesen verdammten Hellströmauftrag zwischen uns. Wann hatten wir das letzte Mal Sex?«

»Ach, jetzt ist das wohl auch noch meine Schuld, oder wie«, brauste sie auf.

»Nein, das habe ich nicht gemeint.« Beschwichtigend schüttelte er den Kopf. »Unsere Treffen haben mir gefehlt, Paula. Du hast nur noch gearbeitet.«

»Ich habe dir den Rücken freigehalten, Jan. Damit du deine kostbare Freizeit mit der Familie verbringen kannst. Kuschlige Stunden mit deiner Frau vor dem Kamin.«

»Jetzt sei nicht ungerecht!«, schnaubte er. »Über meine Ehe habe ich dich nie im Unklaren gelassen.«

In diesem Punkt log er ausnahmsweise nicht. Das musste sie ihm zugestehen.

»Unsere Beziehung war so eingefahren«, sagte er. »Büro, Termine, ein flüchtiger Kuss im Fahrstuhl. Mir fehlte etwas.«

»Wovon ich mich ja mit eigenen Augen überzeugen durfte.«

Jan beugte sich leicht nach vorn, und sie befürchtete, dass er erneut den Arm nach ihr ausstrecken würde, aber er nahm nur die Tasse zwischen seine Hände und blickte trübsinnig in den Kaffee. »Erinnerst du dich an unser Wochenende in dem kleinen Hotel in der Lüneburger Heide?«

Natürlich konnte sie sich daran erinnern. Jan hatte für ein Nobelrestaurant auf Sylt, mit dessen Umgestaltung er beauftragt gewesen war, die komplette Inneneinrichtung im falschen Holzton bestellt. Der Eröffnungstermin musste um zwei Monate verschoben werden, und die Kosten für den ganzen Schlamassel wurden Jan auferlegt.

»Ich hatte Riesenmist gebaut und wusste nicht, wie es weitergehen soll. Wir haben stundenlang geredet, waren schweigend um den See gelaufen. Haben Pläne geschmiedet. Und plötzlich erschien alles so leicht.«

Die Erinnerung legte sich auf ihr Herz. Bleischwer.

»Das hat mir gefehlt, Paula. Nicht der Sex.« War da ein leichtes Beben in seiner Stimme? Jan hob den Kopf. »Komm zurück. Ich brauche dich.«

»Im Büro?«, entfuhr es ihr.

»An meiner Seite.«

An meiner Seite? Als Kollegin. Vertraute. Geliebte. Aber das war es nicht, was sie sich all die Jahre gewünscht, was *ihr* die ganze Zeit gefehlt hatte. Paula schluckte. Ihre Kehle fühlte sich trocken an. Doch die Worte mussten raus. »Verlass sie!«

Verwirrt starrte er sie an. »Hast du mir nicht zugehört? Ich habe Gesine rausgeschmissen.«

»Deine Frau! Verlass deine Frau.«

Für einen winzigen Moment bemerkte sie eine Unsicherheit in seinen Augen. Angst? Spott?

»Wenn es das ist, was du wirklich willst, werde ich mich von ihr trennen«, entgegnete er leise. »Du bedeutest mir alles.«

Hatte sie richtig gehört? Jan würde seine Ehe aufgeben? Einfach so? All die Jahre hatte sie gehofft, sich nichts sehnlicher gewünscht, als diese Worte zu hören. Dabei hätte sie ihn nur darum bitten müssen.

»Du würdest dich scheiden lassen?«, fragte sie unsicher. »Für mich?«

»Was denkst du, warum ich wohl in dieser Einöde bin?«

Der Hellströmauftrag, schoss es durch Paulas Kopf. Doch sie sagte nichts. Schaute ihn nur ungläubig an. Wieder tastete er mit seiner Hand über den Tisch, ein zaghaftes Lächeln auf den Lippen. Dieses typische Jan-Lächeln, das sie noch vor ein paar Tagen stets erweicht hatte. Doch inzwischen war einfach zu viel passiert.

»Gib mir bitte Zeit, Jan«, sagte sie mit fester Stimme. »Ich muss über alles nachdenken.« Ihre Hände blieben im Schoß.

Ein höfliches Räuspern schreckte sie beide auf. Abrupt zog Jan den Arm zurück, Paula straffte ihre Schultern.

»Kann ich euch noch etwas bringen?«

Vicky stand an der Seite des Tisches und blickte lächelnd zu ihnen hinab. Das Sonnenlicht, das durch die Scheiben des Cafés fiel, spiegelte sich golden in ihrem kupferroten Haar. Sie trug eine blaue Schürze über einem engen weißen T-Shirt, unter dem sich ihre apfelrunden Brüste abzeichneten. Sexy war das einzige Wort, das Paula dazu einfiel.

»Danke, wir wollten gehen. Bringst du uns die Rechnung?«

»Gern«, hauchte Vicky in ihrem gewohnt katzengleichen Tonfall und beugte sich weit über den Tisch, um das benutzte Geschirr abzuräumen.

»Ich muss noch mal kurz wohin«, sagte Paula leise, quetschte sich aus der Polsterbank und steuerte auf die Toiletten zu, den Fensterplatz, an dem sie eben noch gesessen hatte, im Rücken. Sie konnte nicht sehen, wie Jan das Handy aus der Hosentasche zog und wählte. Auch nicht seinen schmachtenden Blick auf Vickys appetitliche Brüste, während sie die leeren Tassen vom Tisch räumte.

Paula stand auf der Düne, die Augen mit der linken Hand vor der Sonne abgeschirmt, und blickte auf die wogende See. Eine warme Brise fuhr sanft durch ihr offenes Haar. Der makellose Himmel leuchtete in einem tiefen Blau und tauchte die Insel in ein unvergleichliches Licht. Doch in ihrem Herzen blieb es düster. Sie schloss die Augen, steckte die Hände in die Taschen ihres Trenchcoats und atmete durch. Das fröhliche Lachen der Touristen mischte sich mit dem Rauschen der Ostseewellen.

Nach ihrer Aussprache im Café hatte sie Jan in das Hotel geschickt, das Vicky ihr beim Bezahlen empfohlen hatte. An seiner betretenen Miene konnte Paula ablesen, dass er sich offensichtlich etwas anderes erhofft hatte. Doch sein unerwartetes Auftauchen hatte sie komplett aus der Bahn geworfen, ebenso wie sein überraschendes Angebot. Meinte Jan es tatsächlich ernst? Frau und Kinder verlassen? Für sie? Sie sollte Glück empfinden. Aber alles, was sie empfand, war die niederschmetternde Erkenntnis, dass sie Jan Wellers Nähe nicht mehr ertrug.

Sie setzte sich in Bewegung und stapfte den Dünenaufgang hinunter. Erst jetzt wurde Paula bewusst, dass sie seit Langem wieder richtig durchatmen konnte. Genau seit dem Tag, an dem sie die Insel betreten hatte. Nicht erst, seit sie Jan vor wenigen Minuten vor dem Café stehen gelassen hatte. Hatte Jan in seinem endlosen Monolog auch nur ein einziges Mal gefragt, was sie sich von ihrer Beziehung erhoffte? *Mir fehlte etwas.* Warum war es ihr nie aufgefallen? *Seine* Gefühle, das war es, worum sich alles drehte. Jans Ärger, Jans Glück, Jans Kummer. Seine Eitelkeit erdrückte sie. Alles, was sie einmal so anziehend an ihm fand. Er würde sich nicht ändern. Niemals.

In ihrer Tasche klingelte das Handy und riss sie aus ihren Gedanken. Paula stöhnte innerlich auf. *Gib mir bitte Zeit, Jan.* Was verstand er daran nicht? Aber das war so typisch! Kaum dass es einmal um ihre Bedürfnisse ging, schob er sich wieder in die Mitte des Universums, wo der Rest der Welt um ihn zu kreisen hatte. Paula blieb stehen und zog das Telefon heraus. Einen kurzen Augenblick stockte ihr der Atem. Gesine. Seit der SMS vor zwei Tagen hatte sie sich nicht mehr gemeldet. Und ausgerechnet jetzt, wo Jan um Vergebung bettelte, rief sie sie an? Ihr Daumen schwebte schon über der roten Taste, als sie noch einmal innehielt. Irgendwann musste sie mit Gesine reden. Oder besser: wollte. Sie wollte Erklärungen. Erklärungen, warum sie ihre Freundschaft kaputt gemacht hatte. Und vermutlich war es leichter, ihr dabei nicht in die Augen blicken zu müssen. Zitternd drückte sie den grünen Button.

»Ja.«
»Hallo.«
Stille. War Gesine überrascht, dass sie abgenommen hatte? Doch dann schien sie sich gesammelt zu haben. »Glaubst du, wir beide kriegen das wieder hin?«

Paula fühlte einen dicken Kloß in ihrem Hals. »Wie, wenn ich dich anschaue und dich dabei immer nackt auf meinem Freund sitzen sehe?«

Obwohl das Meer rauschte, glaubte sie, Gesines unregelmäßigen Atem am anderen Ende zu hören.

»Es war nur Sex.«
»Den du mit jedem anderen Mann hättest haben können. Warum gerade er?« Paula fiel auf, dass sie Jan vorhin im Café die gleiche Frage gestellt, aber keine Antwort bekommen hatte.

»Der Stress wegen Hellström, du weißt schon ...«
Stress? Die meiste Zeit hatte sie doch wie eine Irre bis spät in die Nacht geackert. »Nein, Gesine. Ich weiß nicht. Ich weiß nur, dass ich dir vertraut habe. Wir waren Freundinnen.«

»Aber das sind wir doch noch immer ...« Eine kleine Pause. »Oder?«

Paula blieb stumm. Also war es an Gesine, weiterzureden.
»Vielleicht haben wir beide einen Fehler gemacht.«
»Bitte?«
Gesine holte Luft. »Wir hätten eine klare Grenze ziehen müssen. Es ist nicht gut, Privates und Berufliches miteinander zu mischen.«
»Du warst diejenige, die die Grenze überschritten hat.« Paula spürte die Tränen in ihre Augen schießen. »Bist du eigentlich nur wegen Jan in das Hellströmprojekt eingestiegen?«
»Paula, sei nicht kindisch ... Und außerdem bin ich nicht mehr dabei. Jan hat mich gefeuert. Aber ich wäre auch so bei euch ausgestiegen. Um unserer Freundschaft willen.«
»Darum hast du angerufen? Um mir das mitzuteilen?«
»Nein«, sagte Gesine ruhig. »Das ist nicht der Grund.«
»Sondern?«
»Schmeiß nicht alles weg, wofür du in den letzten Wochen hart gearbeitet hast. Deine Entwürfe für Hellström sind fantastisch. Außergewöhnlich. Wenn ihr den Zuschlag bekommt, ist das deine Chance, beruflich einen Schritt nach vorn zu machen. Du wirst die Aufträge bekommen, von denen du immer geträumt hast.«
Paula hob den Kopf in den wolkenlosen Himmel. Gesines Worte hallten in ihr nach. Sollte sie diese Möglichkeit wegen Jans Fehltritt wirklich vertun? Mit dem Hellströmhotel würde sie sich endlich einen Namen machen. Es war ihr Projekt, ihr Baby. Aber Jan Wellers Auftrag.
»Bist du noch da?«, tönte es leise in ihrem Ohr.
»Bin ich.« Paula richtete den Blick wieder auf das Meer.
»Denk darüber nach, ja?«
Paula nickte, auch wenn Gesine es nicht sehen konnte.
»Sobald du zurück bist, reden wir, in Ordnung?«

»Mal sehen ...«

»Tschüss, Paula.«

Grußlos legte sie auf und ließ das Handy in ihre Jackentasche gleiten. Verrückt, dachte sie, ausgerechnet Gesine hatte ihr klargemacht, was sie zu tun hatte. Auch wenn Jan ihre Entscheidung nicht gefallen dürfte. Doch das war der Preis, den er für seine Gier zu zahlen hatte.

Mit langen Schritten rannte sie zum Wasser hinunter. Wie auf den Wegen in Kloster herrschte auch hier ein reges Getümmel. Unbeschwert und ausgelassen. Die ersten Wagemutigen hatten ihre Hosenbeine hochgekrempelt und liefen barfuß durch die schäumende Gischt. Einem Impuls folgend, krempelte Paula ihre Jeans hoch und streifte hastig die Outdoorschuhe und die Socken ab. Der feine, sonnengewärmte Sand kitzelte unter ihren Fußsohlen, bis sie in die Brandung trat und das kalte Ostseewasser ihre nackten Knöchel umschlug.

8

Paula zog ihre Lippen nach und musterte sich in dem runden Spiegel im Badezimmer. Das dunkelblonde Haar fiel glatt auf ihre Schultern. Der schwarze Kaschmirrolli stand ihr eigentlich gar nicht. Ihr Teint war viel zu blass für diese Künstlerfarbe. Doch bei der Auswahl ihrer Garderobe gab es nicht viele Alternativen. Sie musste sich mit dem zufriedengeben, was ihr Koffer hergab.

Vor einer Stunde hatte sie Jan in seinem Hotel angerufen und sich mit ihm für den Abend im »Klabautermann« verabredet. Wie ein verliebter Teenager hatte er ihr ins Ohr gesäuselt, dass er sich freue. Ob er das immer noch tat, wenn er ihre Bedingungen hörte? Nach Gesines unvermitteltem Anruf lag die Lösung für ihr ganzes Dilemma wie ein offenes Buch vor ihr. Warum sollte sie sich für Jans Fehltritt selbst bestrafen? Er war es, den sie bluten sehen wollte. Erteilte Hellström Jans Büro den Zuschlag, gehörten dreißig Prozent der Auftragssumme ihr. Im Voraus. Oder der USB-Stick versank in der kalten Ostsee. Sie hatte sich nicht umsonst die Nächte mit Stoffmustern, Tapetenkatalogen und Farbfächern um die Ohren geschlagen. Mehr wollte sie nicht. Seine Ehefrau konnte er behalten. Und dann würde sie diesen Mann nie wiedersehen.

Paula knipste das Licht über dem Spiegel aus und tappte nach nebenan. Ein leichtes Pochen machte sich hinter ihrer Stirn bemerkbar. Verflixt! Ausgerechnet heute. Suchend schaute sie sich nach der Schachtel mit dem Aspirin um. Aus Erfahrung wusste sie, ohne Tabletten würde der Kopfschmerz nicht verschwinden. Und für das, was sie vorhatte, brauchte sie einen klaren Kopf. Dann erinnerte sie sich, dass sie die Aspirinschachtel am Morgen zu ihren anderen Sachen in den Koffer gestopft hatte. Träge ließ sich Paula auf dem Bett nieder, wo Edda ihn abgelegt hatte. Als sie am späten Nachmittag in die Pension zurückgekehrt war, hatte die alte Dame ihren Koffer bereits wieder in ihr kleines Zimmer unter dem Dach hinaufgetragen. »Fräulein Hennings, die Insel hat ihren eigenen Rhythmus«, hatte sie augenzwinkernd gesagt, als Paula sich für die Unannehmlichkeiten entschuldigen wollte. »Erst wenn die Dinge geordnet sind, gibt sie einen wieder frei.« Unweigerlich schaute sie sich zu dem schwarzen Fleecepullover um, der verknautscht am Kopfende lag. Sie beugte sich vor und zog ihn zu sich. Mit den Fingerspitzen fuhr sie zärtlich über den Stoff. All die Erinnerungen an den Tag am Leuchtturm überkamen sie. Der weiche Klang seiner Stimme. Simons Hand behutsam auf ihrem Arm. Der unergründliche Blick seiner blauen Augen. Wie sollte sie diese Dinge jemals ordnen?

Schwermütig erhob sie sich von der Bettkante, trat an das Gaubenfenster und lehnte den Kopf gegen die rau geputzte Wand. Tief hing der weiße Sichelmond über dem Küstenwald. Die Wipfel der Kiefern neigten sich sachte im Wind. Eine schwarze, sternenklare Nacht, die nur das helle Blinken des Leuchtturms durchbrach. Edda irrte. Manchmal musste die Insel einen gehen lassen, bevor man Ordnung in seinem inneren Chaos hatte.

»Für eine Provinzklitsche ist der Laden gar nicht so übel«, sagte Jan in seiner gewohnt herablassenden Art. »Nur das Inventar könnte bei Gelegenheit aufgehübscht werden. Wie der Großteil der Gäste übrigens auch.«

Paula griff nach ihrem Glas Tonic und schluckte ihre Verärgerung hinunter. Sie saßen in einer kleinen Nische in der

Nähe der Eingangstür. Der »Klabautermann« war auch heute rappelvoll. Lautes Gelächter, klapperndes Geschirr und dröhnende Musik aus den Lautsprechern zerrten an ihren Nerven. Ganz zu schweigen von dem Mann, der frisch gegelt und im blütenweißen Hugo-Boss-Hemd neben ihr hockte. Doch sie würde diesen unsäglichen Abend überstehen. Schließlich ging es um das, was ihr zustand. Auf dem Weg hierher hatte sie noch darüber gegrübelt, ob sie mit ihrer Forderung zu hoch pokern würde. Dreißig Prozent waren kein Pappenstiel. Aber als Jan mit seinem selbstgefälligen Grinsen vor ihr stand, war alles wieder hochgekommen. Seine Ehe, in der er angeblich so unglücklich war, sein unerträglicher Narzissmus, der ihr die Luft zum Atmen nahm, und nicht zuletzt seine Unverfrorenheit, mit ihrer besten Freundin ins Bett zu steigen. Jan würde sich mit ihren Bedingungen abfinden müssen, wenn er nicht sang- und klanglos untergehen wollte.

Der kräftige Bariton des Kneipers riss sie aus ihren Gedanken. »Haben Sie schon gewählt?«

»Wir nehmen die Fischplatte für zwei«, posaunte Jan neben ihr aufgeblasen heraus und reichte Horst die Speisekarte über den Tisch zurück. Paula war zu perplex, um irgendetwas zu erwidern. Stumm legte sie ihr ledergebundenes Exemplar obenauf. Früher hatte es ihr imponiert, wenn er das Essen für sie gemeinsam wählte. Heute fand sie es anmaßend.

Mit Erleichterung hatte sie beim Eintreffen festgestellt, dass der »Klabautermann« aus allen Nähten platzte. Jan würde sich beherrschen, wenn sie ihm ihre Forderungen mitteilte. Nichts hasste er mehr, als unangenehm aufzufallen.

»Ich bin so glücklich, dass du einem Idioten wie mir eine zweite Chance gibst«, stammelte er ungewöhnlich sanft.

»Doch diese Stärke, nicht alles auf die Goldwaage zu legen, habe ich schon immer an dir geliebt.«

Wovon redete er da? Hielt er dieses Abendessen für die große Versöhnung?

»Jan, wir müssen über bestimmte Dinge reden«, hakte sie nach.

»Natürlich, Schatz«, fuhr er unbeirrt fort, ohne auf ihren beharrlichen Unterton einzugehen. »Ich werde sofort bei meiner Frau ausziehen. Gleich morgen nach unserer Abreise mache ich reinen Tisch. Am besten wohnen wir erst mal eine Weile bei dir. Es wird vielleicht ein bisschen eng, doch für den Anfang brauchen wir ja auch nicht mehr als Bett und Kühlschrank.«

Mit einem geckenhaften Lächeln auf den Lippen tatschte er nach ihrer Hand, die das Tonicglas umklammerte. Paula öffnete den Mund, um ihn resolut in die Schranken zu weisen. Doch das Klingeln seines Handys ließ sie innehalten. Jan warf einen prüfenden Blick auf das blinkende Display und sprang sofort auf.

»Entschuldige, aber da muss ich ran.« Vielsagend hob er die Augenbrauen und verschwand nach draußen.

Paula blickte ihm nach. Nichts hatte sich geändert. Und nichts würde sich ändern. Seine Frau rief an, und Jan Weller spurte. Warum hatte sie das all die Jahre mit sich machen lassen? *Liebe macht blind.* Wieder ein Spruch ihrer Großmutter. Die besten Jahre ihres Lebens hatte sie an diesen Mann verschenkt, die starke, sich verzehrende Geliebte gespielt. Doch damit war nun endgültig Schluss.

Wütend ließ sie sich in das weiche Polster fallen und schaute sich in der überfüllten Kneipe um. Verliebt Händchen haltende Paare, eine feuchtfröhliche Touristengruppe, schnackende

Männer beim Skat und an der Theke ein paar einsame Seelen über ihrem Bier. Plötzlich erstarrte sie. Das hatte ihr gerade noch gefehlt! Das Licht über dem Tresen fiel auf Vickys kupferrotes Haar. Lachend lehnte sie an der Holzvertäfelung und umwickelte mit den Fingern der linken Hand verspielt eine Haarsträhne. Zu ihrem grünen Strickkleid trug sie schwarze Reiterstiefel. Doch nicht Vickys Schönheit irritierte sie. Es war der Mann, dem sie dieses sinnliche Lächeln schenkte. Simon Wolff. In seiner verwaschenen Jeans und dem karierten Hemd wirkte er wie der ewige Student. Sein dunkler Bart und die Kunststoffbrille machten das Bild perfekt. Er stützte den rechten Arm auf die Theke und hörte Vicky aufmerksam zu. Sie schien nur so vor Worten zu sprudeln. Wie lange standen die beiden schon dort? Mussten sie ausgerechnet hier auftauchen? Sie hatten doch unter Garantie Besseres zu tun. *Den Himmel auf Erden.*

Schnell wandte Paula sich ab und kramte mit gesenktem Kopf in ihrer Handtasche. Aber aus dem Augenwinkel bemerkte sie, dass es zu spät war. Vicky hatte sie längst entdeckt. Zielstrebig durchquerte sie die Kneipe und steuerte auf ihren Tisch zu, Simon im Schlepptau.

»Hallo Paula«, grüßte sie gut gelaunt. »Wir haben dich eben erst bemerkt.«

Natürlich, eure Augen klebten ja auch wie Kleister aneinander, dachte Paula verstimmt.

»Kein Problem. Der Laden ist brechend voll. Da übersieht man schon mal den einen oder anderen.« Ihre Antwort klang zickiger als beabsichtigt.

»Das tolle Wetter treibt eine Menge Leute nach Hiddensee. Auch im Café hatten wir heute alle Hände voll zu tun«, plauderte Vicky munter weiter. »Aber ich will nicht jammern. Davon leben wir ja schließlich. Simon sieht das ein bisschen anders. Ihm wäre es am liebsten, wenn niemand auf die Insel käme.«

Sie hob ihr rotes Haupt und schaute zu dem Mann neben sich auf. Gezwungenermaßen folgte Paula ihrem Blick. Zum ersten Mal sah sie Simon direkt an. Die Kälte in seinen blauen Augen traf sie bis ins Mark. Was auch immer sie an dem Abend am Leuchtturm darin gefunden hatte, war verschwunden.

»Ach, wir haben Gesellschaft bekommen.« Jans Gesicht tauchte plötzlich zwischen den beiden auf. Breit grinsend reichte er Vicky die Hand, ohne seinen unverschämten Blick auf ihren Ausschnitt zu verbergen. »Jan Weller.« Simon klopfte er wie einem alten Kumpel auf die Schulter.

Verwirrt lächelte Vicky zu Paula hinüber. »Ich dachte, du wärst mit Martin hier?«

»Der musste für zwei Tage nach Stralsund.« Simons Stimme klang wie gefrorenes Eis.

»Wer ist Martin?«, fragte Jan fröhlich.

Sechs Augenpaare ruhten auf Paula. Das Pochen hinter ihrer Stirn hämmerte wie wild. Warum zum Teufel hatte sie das Aspirin nicht geschluckt? Während sie noch fieberhaft nach einer passenden Antwort suchte, erlöste Vicky sie aus der unangenehmen Situation.

»Martin ist ein Kollege von Simon, die beiden sind Wissenschaftler am Ozeaneum in Stralsund.«

»Ah, Fische sezieren und diese kleinen Dingsbums unterm Mikroskop begucken ... Na, wie heißen die gleich ...?«

»Plankton.« Simons Miene schien schockgefroren.

»Besten Dank, Käpt'n Nemo«, posaunte Jan heraus und zwinkerte Vicky dabei zu. »Kenne ich alles noch aus dem Biologieunterricht.«

Vickys aufreizendes Gackern dröhnte schlimmer als die nervtötende Musik aus den Lautsprechern.

»Schatz, du hast sicher keine Einwände, wenn die zwei sich zu uns gesellen?« Er zog einen der freien Stühle hervor, und ehe Paula protestieren konnte, saß Vicky ihr bereits gegenüber und schaute zu Simon auf. »Bist du so lieb und holst unsere Gläser von der Theke?« Ihr Tonfall glich dem Schnurren einer rolligen Katze.

Simon, der die ganze Zeit Jan wie hypnotisiert angestarrt hatte, nickte nur stumm und setzte sich in Bewegung. Paula konnte spüren, dass er ihren Blick suchte, doch schnell senkte sie den Kopf und schaute in ihren Schoß. Die peinliche Szenerie war auch ohne Simons abweisende Kälte entsetzlich genug. Was musste er von ihr denken? Vor zwei Tagen heulte sie sich über Jans Bettgeschichten bei ihm aus, und nun hockten sie hier lauschig beieinander. *Schatz!* Genau wie Jan musste er ihr Stelldichein für die große Versöhnung halten. Und sie konnte es ihm nicht einmal verdenken.

»Paula, warum verschweigst du mir, dass du so reizende Freunde auf der Insel gefunden hast?« Erschrocken schaute sie auf. Jans Augen blitzten wild zwischen Vickys roter Mähne und ihrem Ausschnitt umher. »Ich hätte doch viel früher vorbeigeschaut.«

Gequält atmete Paula durch. Wie sollte sie diesen Abend überstehen? Und *wie* sollte sie Jan klarmachen, dass er sich eine gemeinsame Zukunft mit ihr abschminken konnte, wenn er ständig auf die Brüste der Inselschönheit starrte.

»Die Fischplatte für zwei.« Der dicke Horst war mit einem Riesenteller bewaffnet aufgetaucht. Simons hochgewachsene Gestalt direkt dahinter. »Dann lassen die Herrschaften es sich mal schmecken.«

Horst lud die Platte mitten auf dem Tisch ab und stapfte zurück zu seinem Tresen. Der salzige Räucherduft des Fisches stieg Paula in die Nase. Ihr wurde übel.

»Ach, die Hiddenseer Fischplatte«, hörte sie Vicky giggeln. »Unser Pärchen-Special.«

Erneut ruhten sechs Augenpaare auf ihr. Paulas Magen krampfte sich zusammen.

»Kannst du zahlen, Jan? Ich warte draußen«, murmelte sie und floh ohne ein weiteres Wort aus dem »Klabautermann«.

9

Graue Wolken trieben über den Kiefern, an deren krummen Ästen ein stürmischer Wind rüttelte. Die feinen Tropfen des Nieselregens perlten langsam an den Scheiben im Frühstücksraum hinunter. Das Wetter hatte umgeschlagen. Doch Paula störte das nicht im Geringsten. In ihrem Innern sah es genauso aus. Trostlos und kalt.

Gedankenverloren rührte sie in ihrer Kaffeetasse und versuchte, sich darauf zu konzentrieren, was sie als Nächstes tun sollte. Der gestrige Abend war in einer mittleren Katastrophe geendet. So hatte sie sich ihre Aussprache mit Jan wahrlich nicht vorgestellt. Warum mussten Vicky und Simon dazwischenplatzen? Und zu allem Übel hatte sie mit Jan noch immer keinen reinen Tisch gemacht. Vermutlich war er weiterhin der felsenfesten Überzeugung, sie hätte ihm sein kleines Techtelmechtel mit Gesine verziehen. Denn nachdem sie kopflos aus dem »Klabautermann« gestürmt war, hatte sie sofort den Weg zur Pension eingeschlagen. Nichts und niemanden hätte sie in diesem Moment ertragen. Simons abweisende Kälte schmerzte zu sehr. In der »Dünenrose« hatte sie sich aufs Bett geworfen und ihren Tränen freien Lauf gelassen. Was hatte sie ihm getan? Er liebte eine andere Frau, was also erwartete er von ihr?

»Schmeckt es Ihnen nicht?« Paula schaute auf, mitten in Eddas trübe Augen, die auf ihren vollen Teller Rührei gerichtet waren.

»Doch, vielen Dank«, beschwichtigte Paula die Pensionswirtin. »Ich habe einfach nur keinen richtigen Appetit.«

»Der junge Mann, der zu Besuch ist?«

Paula schaute verwirrt drein. Im ersten Moment wusste sie

nicht, von wem Edda sprach. Doch dann setzte die Erinnerung wieder ein, dass Jan ja gestern in der »Dünenrose« aufgekreuzt war und sie nur ihn meinen konnte.

»Nein. Jan Weller ist nicht der Grund.« Sie schüttelte den Kopf. »Er hat mich sehr verletzt, doch das ist vorbei. Dieser Mann ist für mich gestorben.«

»Ist er bereits abgereist?«

»Ich glaube nicht«, antwortete Paula zögerlich. »Ich halte nämlich den Schlüssel für seinen beruflichen Aufstieg oder Niedergang in meinen Händen.«

Erst jetzt fiel ihr auf, dass er sich seit ihrem überstürzten Aufbruch aus dem »Klabautermann« nicht gemeldet hatte. Kein Anruf. Keine SMS. Nicht einmal in die Pension war er ihr gefolgt. Das passte so gar nicht zu dem Jan Weller, den sie kannte.

»Er hat nicht nach mir gefragt?« Sie schaute Edda mit großen Augen an. Es war bereits elf Uhr durch. Sein plötzliches Desinteresse war ungewöhnlich und verwunderte sie. Immerhin steckte der USB-Stick nach wie vor in ihrem Koffer. Dessen hatte sie sich heute Morgen vergewissert.

»Nein. Es war niemand hier.« Die ältere Frau schüttelte den Kopf. »Nur Martin Grothe hat gestern Abend angerufen. Ich soll Ihnen ausrichten, dass er für zwei Tage in Stralsund ist und das sehr bedauert.«

Wie aufs Stichwort läutete an der Rezeption das Telefon, und Edda hastete eilig in den Flur. Paula drehte den Kopf wieder zum Fenster und ließ ihre Gedanken mit den dunklen Wolken treiben. Sie musste schleunigst von dieser Insel runter. Und zwar ohne diesen vermaledeiten Ballast, den sie mit sich herumschleppte. Doch dafür musste sie Jan ihre Forderungen endlich mitteilen. Ein weiteres Treffen war also unumgänglich.

Wenn sie nur mit jemandem über ihr Gefühlschaos reden könnte! Doch der Einzige, dem sie anscheinend etwas bedeutete, hatte sie zurückgewiesen. Martin war bis übermorgen auf dem Festland. Was war sie nur für ein Kamel!

»Ein Kaffee Grande zum Mitnehmen. Bitte schön!« Vivienne schob einen blauen Pappbecher mit Plastikdeckel über den Verkaufstresen. »Macht drei Euro.«

Stirnrunzelnd betrachtete Paula den kleinen Becher. *Grande?* Augenscheinlich war Vivienne des Spanischen nicht mächtig oder niemals in der Fast-Food-Kette mit dem bekannten gelben Buchstaben gewesen. Das da war definitiv nicht *Grande*. Eher Kategorie mickrig. Jedoch verspürte sie nicht die geringste Lust, Viviennes Vokabelwissen aufzufrischen. Kurz überlegte Paula, Jans Kreditkarte zu zücken, aber bei der lächerlichen Summe würde sie dieses Miley-Cyrus-Double vermutlich abblitzen lassen. Missmutig kratzte sie in ihrer Geldbörse die letzten Eurostücke zusammen, während Vivienne sie Kaugummi kauend hinterm Tresen beobachtete. Paula legte das Geld auf die Ladentheke und ließ ihren Blick suchend darüber schweifen.

»Gibt es auch Zucker?«

»Zucker?« Das Zungenpiercing funkelte auf.

Offenbar war für Vivienne Zucker ebenso ein Fremdwort wie Grande. Aber in Anbetracht ihres makellosen Körpers, den sie auch heute in ihrem hautengen Ringelpulli zur Schau trug, konnte es Paula diesmal nachvollziehen.

»Ach, nicht so wichtig«, erwiderte sie mit einem nachlässigen Kopfschütteln. Sie griff nach dem Pappbecher, drehte sich um und blieb abrupt stehen, als ein lauter Knall ins »Lütt Eck« drang. Paula schaute auf. Eine heftige Windböe hatte einen der

Postkartenständer umgerissen und zerrte weiter ungestüm an der gestreiften Markise. Nein, bei diesem scheußlichen Wetter würde sie nicht am Hafen auf Jan Weller warten. Sollte er ruhig für eine Weile den Fähranleger rauf und runter stapfen, wenn er es nicht für nötig hielt, pünktlich zu erscheinen.

Paula schlängelte sich durch die Regale, in denen heute nur wenige Besucher stöberten. In einer ungestörten Ecke des Ladens ließ sie sich auf der breiten Schaufensterbank nieder. Sie öffnete den Reißverschluss ihres Friesennerzes ein kleines Stück und nippte an dem Kaffee. Paula verzog den Mund. Dieses kleine Biest! Blümchenkaffee. Und obendrein lauwarm. Grimmig schmulte sie zur Ladentheke, wo Vivienne mit ihren pinken Kunststoffnägeln gelangweilt auf ihrem Smartphone herumtippte. Am liebsten wäre sie losgestürmt und hätte ihr die Brühe übers Display gekippt. Sie atmete durch, bis das Brodeln im Bauch verebbte. Sie brauchte ihre Nerven noch. Für Jan.

Nachdem er sich auch bis zum Nachmittag nicht gemeldet hatte, hatte Paula sich dazu durchgerungen, ihn anzurufen. Das Missverständnis musste aus dem Weg geräumt werden. Mit verschlafener Stimme hatte er in den Hörer gekrächzt, dass ihm übel wäre. Der Fisch aus dem »Klabautermann« sei schuld. Doch sie wollte die Sache nicht länger aufschieben. Nichts wünschte Paula sich sehnlicher, als diese verdammte Insel zu verlassen. Also hatte sie darauf gedrängt, sich mit ihm in zwei Stunden am Hafen zu treffen. Sie müssten dringend reden. Knurrend hatte er eingewilligt. Eine Viertelstunde hatte sie frierend am Fähranleger ausgeharrt, doch von Jan fehlte jede Spur.

Paula stellte den Becher beiseite und angelte ihr Telefon aus der Jackentasche. Keine Nachricht. Zehn Minuten würde sie ihm noch geben und dann die Segel streichen.

»Wir haben dich vermisst.«

Wie ein Blitz durchfuhr sie der Klang seiner Stimme. Paula entglitt das Handy. Sie versuchte noch, danach zu greifen, doch es krachte auf den Boden. Hastig beugte sie sich hinunter, aber er war schneller. Langsam hob sie den Kopf. Simon stand direkt neben ihr. Sein Blick durch die schwarz gerahmte Brille war so kühl wie am Abend zuvor. Unter den Ärmel seiner Öljacke hatte er eine braune Papiertüte geklemmt.

»Es wäre nett, wenn du dich beim nächsten Mal nicht so heranschleichst«, entfuhr es Paula. Sie war immer noch stinkwütend wegen Viviennes kleiner Biestigkeit.

»Beim nächsten Mal?« Simon legte den Kopf schief. »Ihr wollt also länger bleiben?«

Ihr? Länger bleiben? Was zum Henker faselte er da?

»Wen auch immer du mit *ihr* meinst: Ich für meinen Teil habe nicht die Absicht.« Provokativ streckte sie die Hand aus.

Simon folgte ihrer Aufforderung und legte das Handy hinein. »Warum? Der Abend schien doch ganz nett.«

Endlich ging ihr ein Licht auf. Jan. Ihr gemeinsamer Besuch im »Klabautermann«. Darauf spielte Simon die ganze Zeit an. *Wir haben dich vermisst.* Aber bitte, sie beherrschte das Austeilen von Spitzen auch. »Ja, *wir* sind wohl gestern alle auf unsere Kosten gekommen.«

Seine spöttische Miene wurde ernst. Einige Sekunden lang wanderte sein Blick zum Fenster hinaus. Sein plötzliches Schweigen verwirrte sie. Aber ehe Paula zu einer Frage ansetzen konnte, drehte Simon sich um und stiefelte zum Ausgang. An der Tür schaute er sich noch einmal zu ihr um. »Übrigens, dein Freund wartet am Hafen auf dich.«

»Ich dachte, du hättest mir verziehen«, brach es polternd aus Jan hervor. »Ich wollte ein neues Leben mit dir aufbauen ... meine Frau für dich verlassen.«

»Ich, Jan, ich. Immer nur ich«, schrie Paula zornig. »Nie hast du gefragt, wie es mir dabei geht.«

Ihre lauten Worte hallten über den menschenleeren Fähranleger. Knut lag mit seiner »Blauen Anna« auf der anderen Seite. Der kleine Hafen von Kloster war verlassen, und ein kalter Wind fegte über ihn hinweg. Im ersten Moment, als Jan ihr gegenüberstand, hatte Paula Mitleid empfunden. Sein kalkweißes Gesicht wirkte unter der Kapuze seiner Daunenweste maskenhaft. Jan hatte ihr am Telefon keine Lüge aufgetischt. Es schien ihm tatsächlich nicht gut zu gehen. Doch sein schaler Atem hatte ihr verraten, dass nicht der Fisch schuld daran war, sondern ein gehöriger Kater. Was hatte er gestern nur getrieben? Sofort hatte Paula ihren Kopf weggedreht, als er sie zur Begrüßung küssen wollte. Dass er dumm dreinschaute, war ihr eine Genugtuung gewesen.

»Du hast dich nie beschwert«, blaffte Jan gereizt. »Woher sollte ich wissen, dass du mit unserem Arrangement unzufrieden bist?«

»Ein Arrangement?« Paula rollte mit den Augen. »Das war ich also für dich?«

Jan machte einen Schritt auf sie zu und streckte seine Hand nach ihr aus. Unwillkürlich wich sie zurück. Sein Atem war unerträglich. Wie das Grinsen, das sich hinter seinen gebleichten Zähnen zeigte.

»Komm schon, Paula. Wir hatten doch beide unseren Spaß.«

Entschlossen streckte sie das Kinn vor. »Ich will dreißig Prozent.«

Schlagartig sanken seine Mundwinkel hinab. »Wovon?«

»Vom Hellströmauftrag.« Paula war selbst überrascht, wie fest und klar ihre Stimme klang. »Wenn dein Büro den Zuschlag erhält, ist das die Summe, die mir zusteht.«

»Für deine paar Skizzen?«, fragte er abfällig.

»Dafür, dass ich dir den Arsch rette.«

Wenn es einen Ton heller als Kalkweiß gab, dann hatte Jans Gesicht soeben diese Farbe angenommen. Zufriedenheit machte sich in ihr breit.

»Gut, du hast dich also entschieden.« Er kniff die Augen zusammen, sodass sich auf seiner Stirn eine schmale Falte bildete. Paula kannte diesen Ausdruck. Jan erklärte ihr den Krieg. »Morgen früh um neun nehme ich die Fähre nach Schaprode. Sollte bis dahin der USB-Stick mit den Plänen nicht wieder in meinem Besitz sein, zeige ich dich auf dem nächsten Polizeirevier wegen Diebstahls an. Gesine hatte recht. Ich hätte mir diese Reise auch schenken können.«

Ohne eine Antwort abzuwarten, ließ er sie stehen und trabte erhobenen Hauptes ins Dorf zurück. Fassungslos starrte sie ihm hinterher. Nicht seine Drohung beunruhigte sie. Vielmehr erschreckte Paula, mit welcher Leichtigkeit er ihr den Spielball entrissen hatte. Er hatte den Spieß einfach umgedreht.

Ohrenbetäubend drang das Tosen der Ostseewellen zu Paula herüber. Ein kalter, nasser Wind schlug ihr ins Gesicht. Energisch zog sie die Kapuze des Friesennerzes tiefer, um sich vor dem Regen zu schützen. Unter den Outdoorschuhen klebte der feuchte Sand wie Blei an ihren Füßen. Jeder Schritt bereitete ihr eine ungeheure Qual. Doch am meisten bereitete ihr Sorge, dass langsam die Dunkelheit hereinbrach und sie völlig orientierungslos am Strand umherirrte.

Die einsetzende Abenddämmerung hatte sie vollkommen

überrascht. Nachdem Jan sie am Fähranleger wie ein ausgesetztes Kind zurückgelassen hatte, war Paula wütend durch Kloster marschiert und schließlich den einsamen Strand entlanggestapft. Nichts hatte sie wahrgenommen, weder den stärker werdenden Regen noch die langsam schwindende Helligkeit. *Gesine hatte recht. Ich hätte mir diese Reise auch schenken können.* Plötzlich ergab alles einen Sinn. Jans unvermitteltes Auftauchen, sein Winseln und Betteln, Gesines Anruf, das Hellströmprojekt nicht in den Wind zu schreiben. Das dumme Schaf würde Jans Charme schon nicht widerstehen können. Hatten die zwei tatsächlich geglaubt, sie täuschen zu können? Aber nicht Jan und Gesines kleine Intrige brodelte in ihr. Seine drohenden Worte hallten in ihr nach. *Sollte bis dahin der USB-Stick mit den Plänen nicht wieder in meinem Besitz sein, zeige ich dich auf dem nächsten Polizeirevier wegen Diebstahls an.* Warum schaffte dieser Kerl es noch immer, sie derart auf die Palme zu bringen? Jan täuschte sie, betrog sie, log ihr ins Gesicht. Sie sollte die Spielregeln bestimmen, nicht er. Aber sie schaffte es ja nicht einmal, sich auf einer Insel vor ihm zu verstecken.

Plötzlich zerrte eine kräftige Böe an ihrer Wetterjacke. Paula blieb stehen und schaute sich um. Die Lichter des Dorfes mussten doch endlich vor ihr auftauchen! Aber nur der Halbmond brach hell durch die schwarze Wolkendecke. Paula spürte, wie ihr die Tränen in die Augen schossen. Sie hatte sich verlaufen. Kraftlos sank sie in den feuchten Sand und heulte. Den blassgelben Schein, der lautlos über den dunklen Strand glitt, registrierte sie erst nach einigen Minuten. Sie hob den Kopf und folgte dem fahlen Licht. Der Leuchtturm! Warum hatte sie nicht eher daran gedacht?

Paula rappelte sich aus dem kalten Sand und stieg hastig den nahen Treppenaufgang hinauf, der nur noch wie ein grauer Schleier zu erkennen war. Der Regen peitschte unaufhörlich, doch der Gedanke an die warme, trockene Finnhütte trieb sie weiter voran. Sie sehnte sich danach, aus den nassen Klamotten zu schlüpfen, mit einem heißen Tee auf dem ramponierten Sofa zu lümmeln und Martins Anekdoten zu lauschen. Schlagartig blieb sie stehen. Martin! Verflucht! Wieso fiel ihr das erst jetzt wieder ein? Er war in Stralsund und laut Edda nicht vor übermorgen zurück. Außer Simon würde sie niemanden am Leuchtturm antreffen. Und ausgerechnet den wollte sie jetzt am wenigsten sehen. Vermutlich hielt er sich bei diesem scheußlichen Wetter gar nicht dort oben auf, sondern war in Kloster bei Vicky geblieben.

Paula setzte sich wieder in Bewegung, trotzte dem Wind und stapfte tapfer den schummrigen Pfad weiter. Allmählich konnte sie in der Dunkelheit die verschwommenen Konturen des Leuchtturms ausmachen. Bis zur Hütte waren es nur noch ein paar Meter. Angestrengt blinzelte sie durch die dicken Regentropfen. Endlich! Durch die schwarze Dornenhecke schimmerte ein schwaches Licht. Simon war zu Hause. Paula ignorierte das mulmige Gefühl in ihrem Magen und rannte die letzten Schritte, sodass sie völlig außer Atem die Finnhütte erreichte. Erschöpft blieb sie stehen, stemmte die Hände in die Seiten und holte Luft. Ihr Blick glitt über den verglasten Giebel. Die klapprigen Alujalousien hingen schlampig herunter, und ein bläuliches Licht drang durch die Ritzen nach draußen. Oh Gott, vielleicht war Vicky ja bei ihm, und die beiden genossen die sturmfreie Bude, schoss ihr mit einem Mal durch den Kopf. Doch sie hatte keine Wahl. Was immer die zwei da drinnen treiben mochten, ihr Verlangen nach einem trockenen Unterschlupf war größer.

Entschlossen lief sie zur Tür und donnerte mit der Faust gegen das Glas. Durch den tosenden Wind, der von der Ostsee herüberwehte, konnte sie nicht hören, ob sich drinnen etwas regte. Als die Tür plötzlich krachend nach außen aufschlug, schreckte sie zurück. Simon sah sie kurz entgeistert an, bis sein Blick mit diesem spöttischen Funkeln, das Paula bereits an ihrem ersten Tag auf Hiddensee gewaltig geärgert hatte, an ihr hinunterglitt.

»Verlaufen?«

»Simon, mir steht nicht der Sinn nach solch blöder Flachserei«, presste sie wütend unter ihrer Kapuze, von der es bedrohlich heruntertropfte, hervor.

Langsam trat er einen Schritt zurück und bedeutete ihr mit einem Kopfnicken hineinzukommen. Die Tür fiel ins Schloss, und eine angenehme Stille umfing Paula. Abwartend stand Simon ihr gegenüber. Er trug ein grau meliertes T-Shirt, Jeans und war barfuß. Immerhin war er angezogen, dachte sie erleichtert. Vorsichtig spähte sie über seine linke Schulter. Keine zerwühlten Kissen, keine herumliegenden Frauenkleider, keine brennenden Kerzen oder halb vollen Weingläser auf dem Tisch. Offenbar war Vicky nicht hier. Ihr Blick fiel auf den hell erleuchteten Monitor. Davor eine Spiegelreflexkamera, eine Tasse Kaffee und ein Teller mit belegten Broten. Er steckte also mitten in der Arbeit.

»Wenn wir nicht wie Jack und Rose auf der Titanic enden wollen, solltest du deine Jacke ausziehen.«

Paula senkte den Kopf. Um ihre roten Outdoorschuhe hatte sich eine beachtliche Pfütze gebildet. Ein leichtes Lächeln spielte um ihre Mundwinkel. »Tut mir leid.«

Sie schälte sich aus dem tropfenden Friesennerz und reichte ihn dankbar an Simon weiter, der seine Hand danach aus-

streckte. Der verwirrte Blick, als er seinen Fleecepullover darunter wiedererkannte, entging ihr nicht.
»Du bist beim Arbeiten?«
»Ich habe ein paar Fotos heruntergeladen, die ich heute vom Boot aus gemacht habe. Nichts Wichtiges.«
Er ging ins Bad und kam wenig später mit einem Handtuch, einer grauen Sweathose und dicken Wollsocken zurück.
»Nichts für die Großstadt, dafür aber trocken.«
Dann verdrückte er sich ohne eine Erklärung in die Küche. Gelegenheit, die nassen Klamotten loszuwerden. Paula streifte Jeans, Socken und Schuhe ab und schlüpfte in die warmen Sachen. Während sie das nasse Haar trocken rubbelte, steuerte sie auf den Schreibtisch zu und griff hungrig nach einem der Wurstbrote. Seit dem Happen Rührei vom Frühstück hatte sie nichts mehr gegessen. Kauend betrachtete sie die zahlreichen Fotografien an der Wand. Aufnahmen von der Arbeit auf dem Boot und im Wasser, Schweinswalen, technischen Geräten. Weiter oben, über einer topografischen Karte der Ostsee, hing ein Bild, das sofort ihre Aufmerksamkeit weckte. Sie stellte sich auf die Zehenspitzen, um einen genaueren Blick darauf zu werfen. Ein lauer Sommerabend. Fröhliche Menschen beim Grillen. Männer und Frauen, die sie nicht kannte. Nur Simon, der lächelnd mit dem Ellbogen an der Finnhütte lehnte, und Martin, der plaudernd auf der verwitterten Holzbank saß. Die aufgedonnerte Blondine neben ihm passte nicht so recht in die Gruppe im Jack-Wolfskin-Look. Paula brauchte ein paar Sekunden, bis sie das Gesicht einem Namen zuordnen konnte. Vivienne, die Verkäuferin vom »Lütt Eck«. Offenbar war das Mädchen ziemlich hartnäckig. Vickys kupferrotes Haar suchte sie vergebens.
»Falls du Hunger hast ...«

Paula wirbelte herum. Auf dem niedrigen Tisch dampfte es verführerisch aus einem blanken Kochtopf. Zwei tiefe Teller, zwei Gläser Rotwein, flackernde Kerzen. Die perfekte Kulisse für ein romantisches Date! Nur dass der Mann, der lässig im Türrahmen lehnte, sich nicht für sie interessierte. Doch sie hatte Hunger, und draußen schien die Insel in einem sintflutartigen Regen unterzugehen, also machte sie das Beste aus der Situation. Sie ließ sich auf das weiche Sofa fallen und hielt ihm provokant den Teller hin.

»Wenn du mich so nett darum bittest …«

Simon zog den Stuhl vom Schreibtisch heran, füllte die Teller und setzte sich ihr stumm gegenüber. Der Eintopf schmeckte fantastisch, doch sie würde sich eher die Zunge abbeißen, als seine Künste am Herd zu loben. Vermutlich hatte er für Vicky gekocht, doch die blieb bei diesem grässlichen Wetter lieber daheim und irrte nicht wie ein verlorenes Schaf über die Insel. Paula vermied es, ihn anzusehen, starrte auf ihren Teller und schwieg. Nur das harte Prasseln des Regens mischte sich unter das Klappern der Löffel auf dem Porzellan.

»Dein Freund ist abgereist?«

»Jan ist nicht mein Freund!« Paula funkelte Simon über den Rand ihres Weinglases wütend an. Er hatte nach dem Essen das Geschirr in die Küche geräumt und ein zweites Glas eingeschenkt. Der kurze Blick vor die Tür hatte ihr eindeutig zu verstehen gegeben, dass sie in der Finnhütte festsaß. Noch immer goss es wie aus Kübeln. Sein Angebot, auf dem Sofa zu übernachten, musste sie wohl oder übel annehmen.

»Das klang aus seinem Mund im ›Klabautermann‹ völlig anders. Er schien ganz erpicht darauf, die neuen Bekannten seiner Freundin kennenzulernen«, hakte Simon nach.

Paula schnellte nach vorn und knallte ihr Glas auf die Tischplatte. »Da ihr beide euch ja offensichtlich so gut versteht, richte ihm doch bitte aus, dass ich mich nicht von einer Anzeige einschüchtern lasse. Er ist der Betrüger, nicht ich.«

Sie konnte die Tränen nicht mehr zurückhalten. Verdammt! Warum musste sie ausgerechnet vor ihm die Beherrschung verlieren? Paula erhob sich und versuchte, an ihm vorbei ins Badezimmer zu stürmen. Doch Simons fester Griff um ihr Handgelenk hielt sie zurück. Ohne sie freizugeben, stand er langsam auf. Behutsam drehte er mit der anderen Hand ihre Schulter, sodass sie sich direkt gegenüberstanden.

»Entschuldige«, sagte er sanft, jegliche Härte war aus seiner Stimme verschwunden. Ihr warmer, weicher Klang brach in Paula alle Dämme, und sie ließ ihren Tränen freien Lauf. Sachte drückte er sie zurück auf das Sofa, klaubte eine Serviette vom Tisch und legte sie in ihre Hand, während er neben ihr Platz nahm.

»Was ist passiert?«

Paula versuchte, sich zu sammeln, und schnäuzte in den blauweiß gestreiften Zellstoff. »Ich habe vor meiner Abreise aus Hamburg den kompletten Entwurf für den Umbau des Hellströmhotels auf meinen USB-Stick gezogen und vom Hauptserver gelöscht. In sieben Tagen fällt der alte Patriarch seine Entscheidung, welches Büro den Zuschlag für die Innenausstattung erhält. Bis dahin müssen die Entwürfe eingereicht sein. Jan steht ohne die Unterlagen auf dem Stick mit leeren Händen da. Er braucht diesen Auftrag, sonst geht er bankrott.« Paula zerknüllte die Serviette und schmiss sie wütend auf den Boden. »Sind dreißig Prozent zu viel verlangt, für die Nächte, die ich mir seinetwegen um die Ohren geschlagen habe, während er mit meiner besten Freundin in die Kiste steigt?«

»Lass mich raten. Er hat das Angebot dankend abgelehnt?«, fragte Simon.

»Morgen früh legt Jan mit der ersten Fähre ab. Wenn ich ihm bis dahin nicht den Stick ausgehändigt habe, zeigt er mich an.«

»Noch ist der Abgabetermin nicht verstrichen, und du bist die leitende Innenarchitektin. Worauf du die Entwürfe sicherst, ist deine Entscheidung. Daraus kann dir niemand einen Strick drehen.«

»Ich weiß. Aber bei Kreditkartenbetrug sieht die Sache anders aus.«

»Du hast seine Kreditkarte gestohlen?« Verblüfft hob Simon die Augenbrauen.

»Geliehen.«

»Geliehen?«

»Ja. Ich hatte Ausgaben. Die Buchung in Eddas Pension, der Mietwagen, meine neue Outdoorausrüstung«, zählte sie auf. »Nur Horst im ›Klabautermann‹ wollte Jans Plastikgeld nicht.«

Paula hob den Kopf und sah ihn an. Als sie das breite Grinsen auf seinem Gesicht entdeckte, konnte auch sie nicht mehr an sich halten und musste lachen.

»Ich wusste gleich, dass du vor irgendetwas auf der Flucht bist, als ich dich so verloren auf deinem Rollkoffer hab sitzen sehen.« Simon nahm das Weinglas und ließ den Inhalt kreisen. »Nur, dass Betrügerinnen so verdammt attraktiv sind, wusste ich bis dato nicht.«

Flirtete er etwa mit ihr?

Simon nahm einen kräftigen Schluck und sah sie durchdringend an. Eine Haarsträhne war ihm in die Stirn gefallen, wodurch seine blauen Augen hinter der Brille eine Spur dunkler schimmerten. »Mach dir keine Gedanken. Solange du den Stick mit den Entwürfen hast, wird Jan wegen der Kreditkarte nichts unternehmen. Du hast ihn in der Hand. Dir bleiben noch ein paar Tage, bis du eine Entscheidung treffen musst. Wenn du willst, bleib so lange hier.«

Hier? Auf der Insel? In der Finnhütte? Morgen früh, wenn der Regen endlich nachließ, würde sie ihren Friesennerz schnappen und zurück in Eddas Pension stapfen. Simons körperliche Nähe schmerzte. Sie sehnte sich danach, sein Gesicht in die Hände zu nehmen, ihre Lippen auf die seinen zu pressen, den Duft seiner nackten Haut zu riechen. Doch sie wusste, dass er eine andere begehrte. Ihr Koffer war gepackt, also konnte sie genauso gut abreisen.

»Sobald es draußen hell wird, bist du mich los«, sagte sie leise. »Ich habe deine Gastfreundschaft schon genug strapaziert.« Paula sprang auf. »Wenn es okay ist, würde ich jetzt gern schlafen.«

Auch Simon erhob sich. Er griff nach den Weingläsern und deutete mit dem Kinn in Richtung Bad. »Die Dusche ist noch warm, und eine neue Zahnbürste findest du im Spiegelschrank.«

Paula nickte, ohne ihn anzusehen, und lief durch die Finnhütte. Als sie die Türklinke zum Bad hinunterdrückte, hielt seine Stimme sie auf.

»Paula, warte!«

Sie schluckte. Wie schaffte es dieser Mann, dass allein zwei Worte schon butterweiche Knie bei ihr auslösten? Abwartend blickte sie ihn an. Noch immer verharrte er am Tisch mit den leeren Weingläsern in der Hand.

»Das eben war ehrlich gemeint.«

»Du meinst, dass ich bei dir und Martin bleiben kann?«

Sie hörte, wie er scharf die Luft einzog. Beinahe resigniert ließ er die Arme sinken. Die blauen Augen schimmerten trüb. »Dass du eine sehr attraktive Frau bist.« Mit hängendem Kopf verschwand er in der Küche.

Zittrig drückte Paula die Tür auf und schlug sie hinter sich zu. Sie presste den Kopf gegen das glatte Holz und schloss die Augen. Martin! Warum musste sie ausgerechnet jetzt von ihm anfangen? Sie wollte ihn nicht. Auch wenn Martin sich mehr erhoffte, ihr Verhalten ihn sogar dazu ermutigt hatte, mehr als Freundschaft konnte sie ihm nicht geben. Doch mit ihren Worten hatte sie Simon genau das Gegenteil signalisiert.

Paula zog den Fleecepullover über den Kopf. Ein paar Sekunden verbarg sie ihr Gesicht in dem weichen Stoff und atmete den herben Geruch ein. Unweigerlich übermannte sie das schmerzende Ziehen in ihrem Bauch. Sie musste endlich von dieser elenden Insel! Hastig warf sie den Pulli auf den Boden und streifte die restliche Kleidung ab. Sie drehte die Armatur in der Dusche auf und schlüpfte unter den prasselnden Strahl. Doch das Wasser war nur noch lauwarm. So schnell wie möglich stellte sie den Hahn wieder ab. Fröstelnd griff sie nach einem der gefalteten Handtücher unter dem Waschbecken, schlug das warme Frottee um ihren zitternden Körper und suchte nach der Zahnbürste im Spiegelschrank. Ein lautes Scheppern ließ sie in ihren Bewegungen innehalten. Vorsichtig spähte sie durch die Tür. Das Licht in der Küche war erloschen, die Kerzen heruntergebrannt, der Monitor ausgeschaltet. Die Finnhütte lag im Dunkeln. Nur durch die offene Eingangstür, die im Wind klappernd hin und her schlug, fiel der helle Schatten des Mondes.

»Simon?«

Keine Antwort. Wo steckte er? Zögernd tappte Paula durch

den Raum und knipste die Lampe auf dem Schreibtisch ein. Ein kalter Windstoß erfasste ihr Handtuch, sodass sie den wärmenden Stoff noch fester um ihren nackten Körper wickelte. Gerade als sie den Kopf nach draußen stecken wollte, tauchte Simon im Türrahmen auf und stieß mit ihr zusammen. Erschrocken wich sie einen Schritt zurück.

»Himmel, mir ist fast das Herz stehen geblieben. Was hast du da draußen bloß getrieben?«

Langsam zog er die klappernde Tür hinter sich zu, legte seine beschlagene Brille auf der Fensterbank ab und hob den rechten Arm. In der Hand hielt er ein schwarzes Stück Plastik. »Das Objektiv. Ich hatte es am Nachmittag auf dem Tisch liegen lassen«, sagte er. »Das kann ich jetzt wohl vergessen.«

Verwirrt wanderte Paulas Blick von dem tropfenden Ding seinen Arm entlang. Simon war völlig durchnässt. Das feuchte T-Shirt klebte eng an seinem Oberkörper, sodass die nackte Haut darunter dunkel hindurchschimmerte. Unter seinem stoßweisen Atem senkte sich der muskulöse Brustkorb rhythmisch auf und ab. Glänzende Regentropfen perlten von den schwarzen Haaren wie feine Rinnsale über sein Gesicht, bis sie sich schließlich in dem dichten Bart verfingen. Beinahe qualvoll musste Paula ihr Verlangen bremsen, die Hand nach ihm auszustrecken. Ihre Erregung erfasste jede Faser ihres Körpers. So stark, dass sie ein leichter Schwindel erfasste. Erst jetzt wurde ihr bewusst, dass sie halb nackt vor ihm stand. Verlegen zog sie mit der rechten Hand das Handtuch über ihren Brüsten enger zusammen. Sie spürte, dass er ihre Verunsicherung bemerkte. Er tat das Objektiv auf den Schreibtisch, legte den Kopf schief und sah sie mit einem spöttischen Grinsen an.

»Du musst mich ja schmerzlich vermisst haben, wenn du in diesem Aufzug nach mir suchen wolltest.«

Ruckartig drehte sie sich um und preschte zurück in Richtung Bad. Sie kam nicht weit. Mit drei Schritten hatte er sie eingeholt. Simon fasste nach ihrer zitternden Hand und zog sie fest an sich. Bei der Berührung seiner feuchten Haut vergingen ihr die Sinne. Durch das Handtuch fühlte sie seinen unruhigen, flachen Atem. Er suchte ihren Blick. Doch sie wollte ihn nicht ansehen, noch immer kämpfte sie mit ihrer aufkeimenden Wut. Seine kühlen Finger umfassten ihr Kinn, hoben es sanft zu ihm empor. Das zärtliche Begehren, das sich in seinen blauen Augen spiegelte, bohrte sich tief in ihr Herz. Sie öffnete den Mund, wollte ihm sagen, wie sehr sie sich nach ihm sehnte. Doch sein Daumen strich behutsam über ihre Lippen, fuhr unmerklich ihren Hals hinab und blieb auf ihrer Hand, die das Badetuch umklammerte, liegen. Langsam löste Paula den Knoten und ließ es fallen. Sein brennender Blick auf ihrem nackten Körper steigerte ihre Erregung ins Unermessliche. Sie schmiegte sich an ihn, spürte durch den Stoff seiner Jeans, dass er genauso empfand. Simon riss die Arme über den Kopf und streifte hastig das nasse Shirt ab. Seine Finger tasteten nach ihrem Gesicht. Als sich seine weichen Lippen fordernd auf die ihren pressten, verlor Paula allen Halt. Voller Gier gab sie sich dem sinnlichen Spiel seiner Zunge hin. Eng umschlungen stolperten sie durch die Hütte, bis sie weich auf das Sofa fielen. Und Paula wusste, als sie später in den bebenden Bewegungen seiner Lenden versank, dass sie nie wieder einen Mann so begehren würde wie Simon Wolff.

10

Wie ein zartes Flüstern tröpfelte der feine Nieselregen gegen die Glasfront, lief zu ungleichförmigen Linien zusammen und schlängelte sich geschwind an den Scheiben hinab. Aufgetürmte, schiefergraue Wolken trieben pfeilschnell über den sich im stürmischen Wind neigenden Kiefern dahin. Mit angezogenen Knien hockte Paula in Simons Fleecepullover auf der breiten Fensterbank und lächelte beseelt. Zwischen ihren Händen fühlte sie das warme Porzellan der Kaffeetasse. Als sie den verträumten Blick von der Scheibe löste, ihren Kopf seitlich gegen das kühle Glas presste und Simon über seiner Arbeit versunken am Schreibtisch sitzen sah, hatte sie das Gefühl, alles sei vollkommen.

Nachdem Paula früh erwacht und der neue Morgen in schmalen Streifen durch die Jalousien gebrochen war, war sie sanft mit den Fingern über seinen nackten Körper gefahren. Simon hielt sie fest im Arm. Auf seinem schlaftrunkenen Gesicht umspielte ein leichtes Lächeln seinen Mund. Er griff nach ihrer Hand, schob seine Finger zwischen ihre und küsste sie zärtlich. In diesem Moment hatte sie sich gewünscht, die Insel niemals mehr verlassen zu müssen.

Jetzt schien Simon zu bemerken, dass sie ihn beobachtete. Er hob den Kopf und sah sie fragend an.

»Bereust du es schon?«

»Die letzte Nacht?«

»Nein.« Er lächelte schwach. »Dass du geblieben bist, obwohl ich keine Zeit für dich habe und stundenlang vor dem Computer hocke.«

»Der Tag ist perfekt«, entgegnete Paula vielsagend, stellte

ihre Tasse beiseite und ging auf ihn zu. Er schlang seine Arme fest um ihre Taille und vergrub das Gesicht zwischen ihren Brüsten. Paula wuschelte ihm durch das schwarze Haar. »Dann gibst du also zu, dass du gelogen hast, als ich gestern hier aufgekreuzt bin und dich gefragt habe, ob du mitten in der Arbeit steckst.«

Simon hob den Kopf zu ihr empor und grinste durchtrieben. »Ich konnte schließlich nicht riskieren, dass du wieder vor mir davonläufst.«

Er löste seinen Griff, zog sie auf seinen Schoß und küsste sie innig. Paula entwand sich seiner Umarmung. Neugierig glitt ihr Blick über die Papiere, die wahllos verstreut vor ihm lagen. »Woran arbeitest du?«

Ein bekümmerter Ausdruck legte sich auf sein Gesicht. »Ich habe mich vor ein paar Wochen für die Mitarbeit an einem europäischen Forschungsprojekt beworben. Das sind Unterlagen, die ich noch nachreichen muss.«

Verwundert blickte sie ihn an. »Was ist mit deinem Job am Ozeaneum?«

»Das Museum stellt mich für den Zeitraum des Projektes frei.«

»Worum geht es?«, fragte Paula interessiert.

»Die Gefahren für den Schweinswal in der Ostsee nehmen immens zu, die Suche nach Öl- und Gasvorkommen, das Sprengen von Kriegsmunition, aber vor allem stören ihn die Rammverfahren, die bei der Errichtung von Offshore-Windparks zum Einsatz kommen. Das Projekt untersucht die Auswirkungen auf den Schweinswal, die durch den Lärm verursacht werden.«

»Obwohl du dich freiwillig beworben hast, werde ich das

Gefühl nicht los, dass du nicht so richtig darauf brennst, endlich durchzustarten«, warf Paula vorsichtig ein.

»Es ist eine lange Zeit. Drei Jahre.«

»Und das lässt dich zögern?«

»Nein. Das Projekt ist eine einmalige Chance für mich, die Dauer ist nicht von Bedeutung.«

»Sondern?«

»Der Ort.«

Paula spürte, wie ihr Herz schneller schlug. »Wo musst du hin?«

»Schweden.«

Seine Augen ruhten abwartend auf ihr. Was sollte sie sagen? Bitte geh nicht! Zieh deine Bewerbung zurück! Doch stand es ausgerechnet ihr zu, Forderungen zu stellen? Sie wusste doch selbst nicht, wie es beruflich mit ihr weitergehen sollte. Ein eigenes Büro in Hamburg? Ein Neustart anderswo? Simon hatte seine Entscheidung doch schon lange gefällt, bevor sie einen Fuß auf diese Insel gesetzt hatte. Es gab keinen Grund für ihn zu zweifeln.

»Der Schweinswal hat Glück.«

Irritiert schaute er sie an. »Glück?«

»Glück, dass er dich hat.«

Paula rutschte von seinen Knien und fuhr gedankenversunken mit der Hand über das bedruckte Papier. »Du bist Wissenschaftler, Simon«, kam es leise über ihre Lippen. »Du musst dorthin, wo man dich braucht.«

Sie küsste ihn zärtlich auf den Mund und verschwand ohne ein weiteres Wort in die Küche.

Der kräftige Ostwind rüttelte unermüdlich an den schwarzen Scheiben, in denen sich das flackernde Kerzenlicht spiegelte.

Paula lag längs auf dem Sofa, den Kopf auf Simons Schoß. Langsam strich er ihr durch das Haar, während er vertieft auf seinem iPad las. So vertraut, als hätten sie es nie anders getan. Ein Schmunzeln huschte über ihre Lippen. Doch das Glück, das sie dabei empfand, ließ sie erschauern. Seit Jahren hatte Paula sich nicht so geborgen gefühlt.

Am Nachmittag waren sie zu einem langen Spaziergang aufgebrochen. Über die hüglige Heidelandschaft zur Boddenseite der Insel, um die Nordspitze herum auf dem Hochuferweg entlang, bis sie wieder den Leuchtturm Dornbusch erreicht hatten. Ungestüm hatten die aufgepeitschten Wellen der Ostsee auf und ab getanzt. Das laute Tosen wurde nur durch das gellende Kreischen hungriger Möwen übertönt. Außer ihnen schien niemand unterwegs zu sein. Sie hatten nicht viel gesprochen. Ihre Hand in seiner oder sein starker Arm um ihre Hüfte, wenn sie für einen leidenschaftlichen, gierigen Kuss stehen blieben, waren genug. In der Hütte hatten sie sich unter der heißen Dusche geliebt, Spaghetti gekocht und dabei die ganze Zeit geredet. Über seine Arbeit, über die Bücher, die sie mochten, von ihrer Kindheit bei den Großeltern. Nur darüber, wie es mit ihnen weiterging, schwiegen sie sich aus.

Verschlafen schob Paula die Hand unter Simons Pullover und streichelte sanft seinen warmen Rücken. Er lächelte, ohne aufzuschauen. »Lass es mich nicht bereuen, dass ich dich nicht für den Küchendienst eingeteilt habe.«

»Keine schlechte Idee, wo ich praktisch arbeitslos bin.«

Simon ließ das iPad sinken. Durch seine Brille blickte er sie fragend an. »Du räumst kampflos das Feld?«

»Was soll ich tun?«, sagte sie kleinmütig. »Jan ist der eigentliche Urheber der Entwürfe. Auch wenn es mein geistiges

Eigentum ist, ich bin bei ihm angestellt. Ob es mir gefällt oder nicht, ich werde ihm den USB-Stick aushändigen müssen.«

»In dem Punkt gebe ich dir durchaus recht. Es wird kein Weg daran vorbeiführen. Doch noch ist nicht gesagt, dass er den Auftrag von Hellström erhält. Es liegt in deiner Hand.«

Paula setzte sich aufrecht und schaute ihn vorwurfsvoll an.

»Ich soll weiter für diesen Mistkerl arbeiten?«

»Du sollst ihn mit seinen eigenen Waffen schlagen.«

Noch immer verstand sie nicht, was in seinem Kopf vor sich ging. »Worauf willst du hinaus?«

»Du hast mir gesagt, Hellström und du, ihr hättet einen guten Draht zueinander. Ruf ihn an! Erklär ihm, dass du bei Jan ausgestiegen bist, doch auf den Auftrag nicht verzichten willst.«

»Aber er will die Entscheidung schon in der nächsten Woche treffen. Bis dahin kriege ich kein neues Konzept entworfen«, protestierte sie.

»Hellström ist der Boss, also kann er den Termin nach hinten verschieben. Er kennt deine Arbeit. Wenn er Jans Musterzimmer will, will er dich.«

Simon hatte recht. Der alte Patriarch wusste genau, was er für seine Hotels wollte. Und sie wusste das auch. Einen Versuch war die ganze Sache wert.

»Nun verstehe ich, wovon die Frau am Kiosk gesprochen hat«, sagte sie lächelnd und kuschelte sich zurück in Simons Schoß.

»Welche Frau?« Jetzt war er es, der verständnislos dreinschaute.

»An dem Morgen, bevor du mich auf meinem Rollkoffer aufgestöbert hast, stand ich drüben am Schaproder Hafen und wusste nicht, ob die Flucht auf die Insel vernünftig ist. Ich wusste nicht recht, ob ich nicht doch wieder zurückfahren und Jan eine zweite Chance geben sollte. Unschlüssig bin ich am Fähranleger auf und ab gelaufen. Am Kiosk traf ich auf eine ältere Frau. Sie spürte meine Verunsicherung und gab mir folgenden Rat: *Fahren Sie. Wenn Sie drüben sind, werden Sie eine Antwort finden.*«

»Und hast du sie gefunden?«

Paula fuhr mit der Hand langsam seinen Arm hinauf, strich zärtlich durch das schwarze Haar und zog ihn zu sich hinab. »Ich habe dich gefunden, Simon Wolff. Das führt mich zu meiner Antwort.«

11

Paula stellte den Kragen des Friesennerzes höher und reckte das Gesicht in den wolkenverhangenen Frühlingshimmel. Auch heute blies wieder ein stürmischer Wind, doch der Regen der letzten Tage war endlich verschwunden.

Als Simon nach dem Frühstück entschuldigend zum Handy gegriffen hatte, um dringende Telefonate zu führen, hatte sie die Gelegenheit genutzt und war zum Strand aufgebrochen. In der vergangenen Nacht hatte sie kaum geschlafen, in ihrem Kopf schwirrte zu viel herum. Sie würde Hellström anrufen. Noch heute. Simons Vorschlag nahm in ihrer Vorstellung immer konkretere Züge an. Stoffe, Farben, Tapeten, Licht. Sie sprudelte nur so über vor neuen Ideen. Wenn Hellström ihr die Chance einräumte, einen eigenen Entwurf nachzureichen, würde sie sie nutzen. Nur wusste Paula noch nicht, wo sie arbeiten sollte. Natürlich bot ihre Wohnung genug Platz, und sie hatte dort alles, was sie brauchte. Aber Hamburg hieß auch, dass sie die Insel würde verlassen müssen. Der Gedanke daran drückte tonnenschwer auf ihr Herz. Was sollte aus ihrer Beziehung zu Simon werden? In einigen Wochen packte er seine Koffer und verschwand für drei Jahre nach Schweden. Eine Liebe auf Abstand. Kam das für ihn überhaupt in Betracht? Vielleicht bedeutete der Abschied von Hiddensee auch einen Abschied von Simon. Und eine nebulöse Erinnerung an diese Apriltage wäre das Einzige, was davon übrig bliebe.

Paula vergrub die Hände tiefer in den Taschen ihres Friesennerzes. Gedankenverloren spielten ihre Finger mit dem kühlen Stück Metall in der rechten Jackentasche. Sie zog es heraus und blieb abrupt stehen. Sie hatte den Schlüsselanhänger an dem Nachmittag im »Lütt Eck« gekauft. Am Tag, als sie Martin kennengelernt hatte. Martin! Er kam heute aus Stralsund zurück, mit der Hoffnung im Gepäck, sie warte auf ihn. Wie würde er darauf reagieren, dass sein bester Freund ihm die Frau, die er begehrte, ausgespannt hatte? Sie musste dringend mit Simon darüber sprechen, denn in der Finnhütte würde sie nicht bleiben können. So viel stand fest.

Langsam kroch der kalte Wind unter ihre Jacke, und sie fröstelte. Paula drehte sich um und schlug den Weg zum Leuchtturm ein. Sie sehnte sich nach einem heißen Kaffee. Und nach Simon. Der Gedanke an ihn zauberte ein Lächeln auf ihr Gesicht. Noch immer spürte sie seine sinnlichen Hände auf ihrer Haut, hörte den heiseren, erregten Atem in ihrem Ohr. Sie wollte ihn. Sie wollte ihn seit ihrer Ankunft auf der Insel. Auch wenn das erste Aufeinandertreffen nie den Schluss zugelassen hätte, dass sie beide so füreinander empfinden würden.

Der Aufgang auf Höhe des Leuchtturms kam in Sichtweite. Mit schnellen Schritten eilte Paula darauf zu. Während sie mit hochgezogenen Schultern den schmalen Weg zur Finnhütte entlangstapfte, grübelte sie, wie sie die Sache mit Martin angehen sollte. War es klüger, wenn zunächst sie mit ihm sprach? Oder lieber Simon? Aber egal, wie sie es drehte und wendete: Martin würde enttäuscht sein. Endlich hatte Paula die Hütte erreicht. Sie umrundete die Dornenhecke und erstarrte. Sekundenlang? Minutenlang? Sie wusste es später nicht mehr. Nur an die plötzliche Leere in ihrem Kopf konnte sie sich gut erinnern. Hinter der Glasfassade leuchtete Vickys kupferrotes Haar. Wie ein warmer Feuerschein zwischen all dem tristen Grau. Ihre Hände eng um Simons Hals geschlungen, das Gesicht an seiner Brust vergraben. Sie weinte. Das Beben ihrer runden Hüften unter dem schwarzen Strickkleid konnte es nicht verbergen. Simon, der seinen Kopf tief in ihrer wilden Mähne verbarg, fuhr zärtlich mit seinen Händen ihren Rücken entlang. Paula spürte, wie die Knie unter ihr wegzuknicken drohten. Mit aller Wucht hatte die Wirklichkeit sie wieder eingeholt. Übelkeit stieg in ihr auf. Doch sie kämpfte dagegen an und rannte den Weg zurück, den sie eben noch glücklich gekommen war.

Wie konnte sie Vicky nur vergessen? Sie hatte die Frau komplett aus ihrem Gedächtnis verdrängt. Ihr Verlangen nach Simon hatte ihr Vorhandensein ausgeblendet. Sie war berauscht von dem Gefühl gewesen, noch nie so tiefe Leidenschaft empfunden zu haben. Doch galt das auch für Simon? Er begehrte sie. Ihren Körper. Darin hatte sie sich nicht getäuscht. Nur mit seinen Gefühlen für sie hatte er sie zum Narren gehalten.

Paula rannte noch immer. Das ältere Paar, das ihr auf dem schmalen Wanderweg Hand in Hand entgegenkam, blickte sie entgeistert an. Aber es war ihr egal. Alles, was sie wollte, war, in die Pension zu stürmen, sich auf das Bett zu werfen und den Schmerz endlich rauszulassen. Doch hatte sie nicht gewusst, worauf sie sich einließ? *Den Himmel auf Erden!* Vicky und Simon waren ein Paar. Innig und vertraut. Was auch immer er in Paulas Armen gesucht hatte, tiefe Gefühle sicherlich nicht.

Endlich hatte sie den Abzweig zur »Dünenrose« erreicht. Vorsorglich schlug sie die Kapuze über den Kopf und vergrub das Gesicht schützend darunter. Sie wollte niemanden sehen. Ein belangloses Gespräch über das schlechte Wetter konnte sie jetzt überhaupt nicht gebrauchen. Kurzerhand entschied sie sich, den Eingang durch den Wintergarten zu nehmen. Sie bog um die Hausecke der Pension, fasste nach der Klinke und stieß mit Edda zusammen, die einen vollen Wäschekorb unter ihren Arm geklemmt hatte.

»Fräulein Hennings!«, rief die ältere Frau erschrocken aus.

Paula warf die Kapuze in den Nacken und schaute entschuldigend drein. »Ich wollte Sie nicht erschrecken, tut mir leid.«

Kopfschüttelnd drückte die Pensionsbesitzerin sich mit ihrem Wäschekorb zur Seite. »Nein, nein. Ich muss schließlich nicht mit meiner Wäsche die ganze Tür versperren.«

Da entdeckte Paula den Gipsverband um Eddas rechtes Handgelenk. »Wie ist das denn passiert?«

»Fragen Sie nicht«, winkte sie ab. »Da läuft man diese elende Treppe schon beinahe im Schlaf hoch und runter, und dann passiert einem so etwas.«

Paula blickte Edda besorgt an. »Wird es denn gehen mit einer Hand?«

Die Frau deutete mit dem Kinn auf die Wäsche. »Es muss. Mit der ›Blauen Anna‹ kommen morgen neue Gäste«, sagte sie matt.

Energisch riss Paula ihr den Korb unter dem Arm weg. »Dann werden wir auch dafür sorgen, dass alles zu ihrer Zufriedenheit ist.«

Ihre Tränen würde sie sich für später aufheben müssen.

12

Das dröhnende Gebläse des Staubsaugers schallte durch das kleine Pensionszimmer unter dem Dach. Mit ganzer Kraft zog Paula das Ungetüm über den Teppich. Seit Stunden wirbelte sie durch die »Dünenrose«, bezog Betten, putzte Fenster, schrubbte die Bäder. Doch sie war froh über diese unverhoffte Ablenkung. Die körperliche Anstrengung verdrängte die quälenden Bilder von Simon und Vicky aus ihrem Kopf.

Zuerst hatte Edda sich mit Händen und Füßen gesträubt, als Paula nach dem Wäscheaufhängen ohne Umschweife zu Eimer und Putzlappen gegriffen hatte. Aber letztendlich überwog der Schmerz in der rechten Hand ihren Stolz, und sie hatte Paula bereitwillig gezeigt, was es noch in der Pension zu erledigen gab. Paula mochte Edda. Sie erinnerte sie an ihre Großmutter. Ihrer aufgeschlossenen, herzlichen Art konnte man sich nicht entziehen. Sie unbeholfen auf der ganzen Arbeit sitzen zu lassen, hätte sie nicht übers Herz gebracht.

Paula stellte den Staubsauger aus. In diesem Zimmer war sie fast fertig. Nur noch neue Handtücher ins Bad, dann konnte sie die Tür hinter sich zuziehen.

»Bist du pleite?«

Mit einem Aufschrei fuhr Paula herum. An den Türrahmen gelehnt, die Arme vor dem Oberkörper verschränkt, stand Martin. Er trug seine schwarze Wetterjacke, dazu Jeans und Gummistiefel. Die dunkelblonden Haare hingen ihm vom Wind zerzaust in der Stirn. Auf seinem Gesicht ein breites Grinsen.

Entgeistert starrte Paula ihn an. Martin streckte den Arm

aus und deutete auf das Monstrum in ihren Händen. »Musst du putzen, um dein Zimmer bei Edda abzubezahlen?«

»Nein.« Sie schob den Sauger Richtung Bett und griff nach den Handtüchern, die sie dort abgelegt hatte. »Edda hat sich das Handgelenk gebrochen. Ich greife ihr nur etwas unter die Arme.«

»Und wann hast du Feierabend?«

Er lehnte noch immer in der Tür. Die Gummistiefel hielten ihn offensichtlich davon ab, das saubere Zimmer zu betreten und sie zu küssen. Doch seiner guten Laune tat es keinen Abbruch. Mit wem sie die letzten Stunden verbracht hatte, wusste er vermutlich nicht.

»Kommst du direkt aus Stralsund?« Paula überging seine Frage und flüchtete mit den Handtüchern ins Bad.

»Nein. Ich war schon in der Finnhütte«, plauderte Martin munter drauflos. »Aber da oben herrscht schlechte Stimmung. Vicky heult.«

Sie schluckte. Woran das lag, konnte sie sich nur allzu gut vorstellen. Der Mann, dem sie bedingungslos vertraut hatte, schlief bei der erstbesten Gelegenheit mit der grauen Maus vom Festland.

»Ist ja nicht das erste Mal.«

Abrupt hielt Paula in ihrer Bewegung inne. Martins Worte hallten in ihr nach. Wie vor den Kopf gestoßen, ließ sie sich auf dem WC-Sitz nieder und kämpfte mit den Tränen. Aber warum war sie schockiert? Hatte nicht auch sie eindeutige Signale ausgesandt, dass sie ihn wollte? Was wusste sie schon von Simon? Sie hatte sich auf ihn eingelassen, also musste sie nun mit der Enttäuschung leben.

»Sag mal, bist du noch da?«, hörte sie Martins besorgtes

Rufen aus dem angrenzenden Zimmer. »Was ist jetzt mit deinem Feierabend? Ich wollte dich zum Essen einladen.«
Sie wischte sich mit dem Handrücken über das Gesicht. Zum Glück konnte er ihre Tränen nicht sehen. »Heute nicht, Martin, ich bin total fertig«, rief sie durch die geöffnete Badezimmertür.
»Dann morgen?«
Paula erhob sich und legte die Handtücher in das niedrige Regal neben dem Waschtisch. Der Blick in den Spiegel ließ sie zusammenfahren. Und vielleicht lag es ja an ihrem blassen, leblosen Gesicht, dass sie seine Einladung nicht ausschlug. »Ja, morgen ist in Ordnung.«

Schwungvoll schob Paula den Geschirrkorb in die Spüle und knallte die Klappe zu. Ihre Augen wanderten zu der runden Küchenuhr, die über der Tür hing. Halb fünf. Die Maschine brauchte zwei Stunden. Sie könnte das Geschirr also noch heute ausräumen. Sie drückte auf den Startknopf. Ein leises Rumoren erfüllte die Küche.
Paula griff nach dem Wäschekorb. Den Stapel Handtücher schaffte sie auch noch. Allmählich beschlich sie der Gedanke, dass sie förmlich nach einer Aufgabe suchte. Doch was sollte sie auch auf ihrem Zimmer? Je mehr sie zu tun hatte, umso besser.
»Ich weiß gar nicht, wie ich das wieder gutmachen soll.«
Edda stand plötzlich in der Tür und schüttelte liebevoll den Kopf.
»Ich mache das wirklich gern«, versicherte Paula und faltete eines der weichen Handtücher zusammen.
»Sie haben doch Urlaub, den sollten Sie nicht mit einer alten Frau verbringen.«

»Welche alte Frau?« Mit einem Grinsen schaute Paula sich um.

Edda lachte auf, wandte sich zum Hängeschrank und nahm zwei Tassen heraus. Anschließend griff sie nach dem Wasserkocher und ging zur Spüle hinüber. »Ein schönes Paar«, murmelte sie leise. »Das habe ich Simon immer gesagt.«

Paula, die bereits wieder vertieft ihre Handtücher zusammenlegte, hob überrascht den Kopf. Edda blickte aus dem Fenster in den Garten, auf ihrem Gesicht ein verklärter Ausdruck. Mit klopfendem Herzen trat Paula hinter sie. Zwischen zwei der großen Rhododendronbüsche entdeckte sie Vicky und Simon. Vicky hatte ihr den Rücken zugewandt. Sie saß auf einer gusseisernen Bank, über deren reich verzierte Lehne ihre kupferrote Mähne fiel. Simon lehnte an der Bank und redete auf sie ein. Unweigerlich verspürte Paula einen Stich. Besaß er wirklich die Nerven, hier aufzukreuzen? Sie drehte sich vom Fenster weg und packte zornig eines der Handtücher.

»Ich werde mich mal kurz um die beiden kümmern«, sagte Edda. »Ich bin gleich wieder bei Ihnen.«

Schwerfällig stieß sie sich von der Spüle ab, stellte den Wasserkocher an und ging hinaus. Paula hörte die Haustür ins Schloss fallen. Hörbar atmete sie aus. *Ein schönes Paar!* Was dachte er sich eigentlich dabei? Sollte dieser Besuch ihr seine Treue zu Vicky signalisieren? Aber mit der nahm er es ja nach Martins Worten noch nie so ganz genau. Vielleicht war es für Vicky das Beste, wenn er für drei Jahre nach Schweden abhaute.

»Hallo.«

Paula fuhr herum. In der Tür stand Simon. Er wirkte müde. Blass. Aber vielleicht lag es auch an dem dunklen Jeanshemd, das er trug. Seine Regenjacke hatte er unter den Arm geklemmt.

Durch seine schwarze Brille schaute er sie ernst an. »Ich habe dich gesucht.«

Sie drehte ihm den Rücken zu und griff geschäftig nach den Handtüchern. »Nun hast du mich ja gefunden.«

Ihre Stimme klang bissig. Warum führte sie sich eigentlich so auf? Hatte sie Angst vor dem, was jetzt kommen würde? *Das mit dir war wunderschön. Aber ein Ausrutscher.* Sie hörte seine leisen Schritte hinter sich. Nein! Den Triumph gönnte sie ihm nicht. Auch wenn sie dafür eine Lüge brauchte. Sie würde die Sache nach ihren Spielregeln beenden.

»Hör zu, Simon.« Sie wirbelte herum. Er war nur wenige Zentimeter von ihr entfernt. »Ich muss mich im Moment voll auf meine berufliche Existenz konzentrieren. Hellström verlangt mir einiges ab. Für eine belanglose Affäre ist da kein Platz. Wir sollten es hier und jetzt beenden.«

Herausfordernd schaute sie ihn an. Doch seine Augen verrieten nicht, was ihre Worte in ihm auslösten. Überraschung? Entsetzen? Belustigung?

»Ich hatte das beinahe vergessen«, erwiderte er leise.

»Was?« Sie versuchte, in seinem reglosen Gesicht zu lesen, wovon er sprach.

»Wie gnadenlos du deine Ziele verfolgst. Eiserne Disziplin. Unabdingbarer Wille. Ist das nicht dein Motto?«

In seinen Augen lag kein Hass. Keine Ironie. Wenn es das wäre, hätte sie damit umgehen können. Aber so?

»Dann hast du mich ja verstanden«, sagte sie hart.

Simon streckte die Hand aus, als wollte er ihre Wange berühren. Doch der Arm sank auf halbem Weg hinab. »Hoffentlich bereust du nicht irgendwann, welches Opfer du dafür gebracht hast.«

Er drehte sich um und stakste aus der Küche. Minutenlang

starrte Paula auf die Tür, durch die er soeben verschwunden war. Die Leere in ihrem Kopf schien sich langsam zu füllen. Simons Lächeln. Das Tosen der See. Eine Finnhütte am Leuchtturm. Und noch bevor die Tränen unaufhaltsam über ihr Gesicht strömten, rannte sie die Treppe zu ihrem Zimmer hinauf.

13

»Sie sehen müde aus, Fräulein Hennings«, sagte Edda mitfühlend. »Vielleicht sollten Sie sich etwas hinlegen.«

Die beiden Frauen räumten in dem kleinen Frühstücksraum das schmutzige Geschirr zusammen. Es war bereits elf Uhr durch, und auch die letzten Langschläfer waren mit knusprigen Brötchen und Rührei versorgt. Nachdem Paula in der Früh aus einem kurzen, unruhigen Schlaf erwacht war, hatte sie ihre Laufschuhe geschnappt und war in der Morgendämmerung zum Strand aufgebrochen. Simon Wolff durfte nicht weiter ihre Gedanken bestimmen. Sie musste den Kopf wieder frei bekommen und versuchen, sich auf Hellström zu konzentrieren. Sie durfte das Gespräch nicht weiter hinausschieben. Wie würde er auf ihren Anruf reagieren? Hocherfreut? Sie auslachen? Die Argumente, die sie sich für ihn zurechtgelegt hatte, hielt sie für unschlagbar. Doch als sie nach dem Duschen aufgeregt und voller Enthusiasmus zum Handy gegriffen hatte, überraschte sie Hellströms Reaktion umso mehr. Er wollte Bedenkzeit! Was gab es da, bitte schön, zu bedenken? Ja oder nein. Zwei mögliche Antworten auf eine einfache Frage.

»Mir geht es gut, danke«, log Paula. »Ich will nachher noch ins ›Lütt Eck‹. Soll ich Ihnen etwas mitbringen?«

»Würden Sie das für mich tun?« Edda schaute sie fragend an.

»Warum nicht? Ich muss sowieso dorthin, und Sie sparen sich den Weg.«

»Gut. Dann mache ich Ihnen gleich eine kleine Liste«, entgegnete die ältere Frau dankbar.

Paula nickte lächelnd und stemmte das voll beladene Tablett hoch, um es in die Küche zu tragen, doch Edda hielt sie auf.

»Verzeihen Sie mir bitte meine Neugier. Es ist selbstverständlich Ihre Angelegenheit, aber da Sie so viel für mich tun, mache ich mir so meine Gedanken«, sagte sie vorsichtig und drückte sanft ihren Arm. »Vor ein paar Tagen wollten Sie noch Hals über Kopf abreisen, und jetzt scheinen Sie alle Zeit der Welt zu haben.«

Paula schluckte. Was sollte sie darauf erwidern? Sie fragte sich doch selbst die ganze Zeit, warum sie immer noch auf Hiddensee blieb. Dass sie Jan den USB-Stick und die Kreditkarte aushändigen musste, stand außer Frage. Darüber brauchte sie nicht mehr nachzudenken. Und mittlerweile spürte sie auch eine gewisse Erleichterung, endlich alles, was sie an diesen Mann erinnerte, wie ein schmutziges Kleidungsstück abzustreifen. In einer Stunde würde sie sein Hab und Gut, einschließlich ihrer handschriftlichen Kündigung, ins »Lütt Eck« bringen, und Vivienne konnte mit ihrer gepiercten Zunge die Briefmarke anlecken. Jan hätte sicher seine Freude daran. Anschließend flog der Umschlag in die Postkiste, die Knut am Abend nach Schaprode hinüberbringen würde. Dann gab es nichts mehr, was sie mit Jan Weller zu klären hatte. Und auf Hellströms Entscheidung konnte sie genauso gut zu Hause warten. Also, was wollte sie noch hier?

»Ich habe heute Morgen meinen Job gekündigt. Was allerdings sehr lange überfällig war«, gab sie schließlich zur Antwort. »Und mein potenzieller zukünftiger Arbeitgeber lässt mich momentan in der Warteschleife verhungern.«

»Verraten Sie mir, worauf er Sie warten lässt?«, fragte Edda neugierig.

Kurz berichtete Paula von dem Hamburger Nobelhotel, für das sie sich bei Hellström um eine Mitarbeit beworben hatte. Jedoch verschwieg sie, dass die Idee dazu von Simon stammte.

Genau wie den wahren Grund, warum sie nicht schon gestern die Fähre bestiegen hatte. Denn den konnte sie sich ja nicht einmal selbst eingestehen.

»Sie sehen, ich habe jede Menge Freizeit. Und solange ich nicht weiß, wohin es mich verschlägt ...« Sie hob die Schultern.

Edda nickte verständnisvoll und streichelte ihr über den Arm. So wie es Paulas Großmutter immer getan hatte. »Sie sind nicht die Erste, deren Leben die Insel verändert«, sagte sie leise und ging in die Küche.

Paula schaute ihr nach. Warum war sie nicht überrascht, dass Edda ihre kleine Notlüge durchschaut hatte? Sie wusste nichts von Simon, von ihren Stunden am Leuchtturm. Trotzdem schien sie sehr wohl zu spüren, dass weder der Job noch Jan Weller schuld daran waren, dass sie völlig irrational handelte und auf etwas wartete, was längst verloren war. Sie wandte den müden Blick aus dem Fenster. Über dem Küstenwald trieben dunkle Wolken. Das triste, eintönige Grau wollte einfach nicht von der Insel verschwinden. So wie sie.

Im »Lütt Eck« wimmelte es vor Menschen. Urlauber, die Schutz suchend vor dem kalten Nieselregen trübselig durch die Regalreihen schlenderten. Tagestouristen, die ungeduldig auf das Einlaufen der »Blauen Anna« warteten. Einheimische im angeregten Plausch über die Neuigkeiten auf der Insel.

Hinterm Verkaufstresen scannte ein junger Mann Anfang zwanzig im Eiltempo die Einkäufe der Leute. Von Vivienne weit und breit keine Spur. Als Paula an der Reihe war, schob sie den gepolsterten Briefumschlag und einen Zwanziger über den Ladentisch. Auf dem Weg hierher hatte sie an dem Geldautomaten in der Nähe von Vickys Café endlich Bargeld abgehoben. »Bitte als Einschreiben«, sagte sie laut.

Der junge Mann nickte, ohne sie anzusehen, klebte wie ferngesteuert seine Marken darauf und reichte ihr mit der linken Hand Quittung und Wechselgeld zurück. Seine Rechte beförderte den Brief in eine gelbe Plastikkiste auf dem Boden. Und somit verschwand alles, was sie in ihrem Leben mit Jan Weller noch verband.

Der nächste Kunde drängelte Paula bereits unsanft beiseite. Fahrig zog sie den Reißverschluss ihres Friesennerzes hoch und eilte durch das Gedränge aus dem Laden. Vor der Tür atmete sie tief ein. War es richtig, Jan einfach so davonkommen zu lassen? Ihn und Gesine? Gesine! Bei dem Gedanken an ihre einstige beste Freundin stockte ihr plötzlich der Atem. Stand es ausgerechnet ihr zu, über Gesine zu urteilen? Was unterschied sie eigentlich von ihr? Nichts! Jan war verheiratet, und sie ließ sich auf eine jahrelange Affäre mit ihm ein. Ihre Gedanken kreisten nur darum, wie sie sich fühlte. Einsame, nicht enden wollende Sonntage. Sich auf Partys ständig erklären zu müssen, warum man Mr Right noch nicht gefunden hätte. Der verstohlene, neidische Blick auf Frauen, die ihren kugelrunden Bauch wie eine Trophäe vor sich hertrugen. Was Jans Ehefrau empfand, war ihr nie in den Sinn gekommen. Wenn er abends aus dem Büro zu Hause angerufen hatte, dass es später werden würde, oder zum wiederholten Male in einem Monat seinen Koffer für eine Dienstreise gepackt hatte. Sie war bei Weitem nicht besser als Gesine.

Paula schluckte hart. Sie senkte den Kopf und zog die Schultern hoch. Der Brief lag in der Postkiste, und mit ihm verschwand dieser unsägliche Abschnitt in ihrem Leben. Sie würde komplett neu anfangen. Nur wo, wusste sie noch nicht. Aber ohne Jan und Gesine. Und ohne Simon. Unweigerlich spürte sie das Ziehen in ihrem Magen. Um diese kurze, schmerzhafte Erfahrung ihres Lebens zu verarbeiten, brauchte sie noch Zeit.

Sie setzte sich langsam in Bewegung, den Kopf gesenkt, um sich vor dem kalten Nieselregen zu schützen. Auf dem unebenen Weg, der auf die Steganlage zuführte, formte das Wasser kleine Rinnsale und lief zu tiefen Pfützen zusammen. Kinder in bunten Jacken hüpften jauchzend mit ihren leuchtenden Gummistiefeln darin herum. Sie musste schmunzeln. Erinnerungen an ihre Kindertage kamen hoch. Unbeschwert und leicht. Und einem plötzlichen Reflex folgend, sprang sie in die Pfütze und tanzte ausgelassen mit den Kindern um die Wette.

»Paula!«

Erschrocken wirbelte sie herum. Von der Steganlage aus winkte Martin ihr lachend zu. Abrupt stand sie still, strich ihren Friesennerz glatt und stapfte aus der Pfütze heraus. Mit langsamen Schritten ging sie auf ihn zu. Martin hockte sich hin und vertäute das Boot, das neben dem hölzernen Steg lag. Laut rief er jemandem darauf Kommandos zu. Paula kniff die Augen zusammen und entdeckte Simon. In Ölzeug und grauer Wollmütze. So wie sie ihm am ersten Tag auf der Insel begegnet war.

Inzwischen hatte sie die Planken des Stegs betreten und schlenderte auf die Männer zu. Martin erhob sich, kam ihr grinsend entgegen und küsste sie auf den Mund. Paula wusste nicht, ob Simon sie beide beobachtet hatte, denn sie wagte es nicht, zu ihm hinüberzusehen.

»Ich dachte, wir wären für so etwas schon ein bisschen zu alt«, sagte Martin.

»Wofür?«

»In Pfützen umherzuspringen ...«

»Man ist nie zu alt für irgendwas, Martin.« Außer fürs Kinderkriegen, dachte sie im gleichen Atemzug. Doch das traf für Männer ja bekanntlich nicht zu.

Er lachte und lief zum Boot zurück. Unweigerlich ging sie ein paar Schritte weiter darauf zu, den Blick starr geradeaus gerichtet.

»Hast du uns gesucht?«, hörte sie Martin vom Boot aus rufen. Seine Stimme klang gedämpft. Er musste unter Deck verschwunden sein.

»Nein, ich hatte etwas Wichtiges im ›Lütt Eck‹ zu erledigen.«

»Du hast hoffentlich nicht deine Rückfahrkarte gekauft?«, tönte es aus dem Rumpf des Bootes.

Paula drehte den Kopf und fuhr zusammen. Simon stand reglos auf dem Deck und starrte sie an. Nicht wütend oder voller Hass. Enttäuschung. Das war es, was sie in seinen stahlblauen Augen sah.

»Ich habe mich nur von dem schlimmsten Fehler meines Lebens getrennt«, rief sie laut.

Sie konnte sehen, wie Simon die Luft einzog. Der doppeldeutige Unterton in ihren harschen Worten war ihm offensichtlich nicht entgangen. Plötzlich ging es nicht mehr um ihre Beziehung zu Jan. Es ging um sie und Simon. Um ihre Tage am Leuchtturm. Um die Stunden voll zärtlichem Flüstern und haltlosem Begehren. Um das, was davon übrig geblieben war.

»Das muss ich jetzt nicht verstehen, oder?« Martins Rufen riss sie beide aus ihrer Starre. Schnell drehte Simon sich weg und packte irgendwelche technischen Geräte in einen großen stählernen Koffer. Doch Paula spürte, dass er noch immer mit ihren harten Worten zu kämpfen hatte.

Martin tauchte wieder an Deck auf. Nach wie vor in fabelhafter Laune. »Am besten, du erklärst es mir bei unserem Abendessen.«

Simons Schultern strafften sich ruckartig. Irritiert wandte sie den Blick von ihm ab und schaute Martin an.

»Eine erneute Ausrede lasse ich nicht gelten«, protestierte dieser, als er die Verwirrung auf ihrem fragenden Gesicht entdeckte.

»Nein, schon in Ordnung. Ich habe es nicht vergessen«, entgegnete sie kleinlaut und steckte die Hände tief in die Taschen ihrer gelben Wetterjacke. Das gefaltete Papier zwischen ihren Fingern ließ sie leise aufschreien. »Verdammt! Ich habe Eddas Besorgungen vergessen.«

»Na, dann mal los, bevor das ›Lütt Eck‹ noch wegen Überfüllung schließt«, scherzte Martin. »Ich hole dich gegen sieben ab.«

»Jaja«, murmelte Paula nur und wollte sich eilig davonstehlen, ehe er wieder auf die Idee kam, sie zu küssen.

»Ach, übrigens!«

Was wollte er denn noch? Sie drehte sich wieder dem Boot zu.

»Kinder stehen dir!«

Seine Worte trafen sie bis ins Mark. Völlig unvorbereitet klaffte die schmerzende Wunde wieder auf, die Jan in ihr zurückgelassen hatte. Doch bevor das Blut hinaussickern konnte, wappnete Paula sich und sagte hart: »Ich will keine Kinder. Karriere ist mir wichtiger.«

Warum ihr Blick beim Verlassen des Bootsstegs ausgerechnet Simon streifte, wusste sie nicht. Nur, dass sich der traurige Ausdruck auf seinem Gesicht tief in ihr Herz brannte.

»Du willst in den ›Klabautermann‹?« Paula versuchte, einen

lockeren Ton anzuschlagen. Aber an Martins verwirrtem Blick erkannte sie, dass ihr das gänzlich misslungen war.

Sie hatten gerade die »Dünenrose« verlassen und waren auf dem Weg ins Dorf. Punkt sieben hatte Martin mit einem verschmitzten Schuljungenlächeln an ihre Zimmertür geklopft. Kaum dass Paula geöffnet hatte, legte er ihr wie am Nachmittag auf dem Steg den Arm um die Hüfte und suchte ihren Mund. Sie konnte von Glück reden, dass just in dem Moment das redselige Ehepaar aus Bayern die Treppe hinaufgekommen war und seine Leidenschaft gezügelt hatte. Doch sie kannte Martin in puncto Hartnäckigkeit inzwischen gut und wusste, er würde die nächstbeste Gelegenheit umgehend beim Schopfe packen. Es war an der Zeit, ihm endlich die Wahrheit zu sagen.

»Ich dachte, dir gefällt das Nachtleben von Kloster«, fragte Martin grinsend von der Seite.

»Tut es auch. Nur, ich bin ziemlich fertig und die vielen Leute ... der Krach ...« Sie ließ ihren Satz, der nicht einmal gelogen war, unbeendet. Auch wenn der wahre Grund, den »Klabautermann« zu meiden, viel schwerer wog. Simon. Die Bilder ihres unerwarteten Zusammentreffens auf der Steganlage geisterten durch ihren Kopf. Wie sie sich stumm und mit versteinerten Mienen gegenübergestanden hatten. Wie Fremde. Nein, es war besser, Simon Wolff aus dem Weg zu gehen.

»Das ›Lütt Eck‹ hat zwar geschlossen, aber wenn ich Vivienne mit einem tiefen Blick in die Augen beglücke, gart sie uns womöglich ein paar Hotdogs in ihrer Mikrowelle.«

Paula lachte auf. »Gott bewahre! Ich hatte schon an dem ungenießbaren Kaffee genug, den sie mir angedreht hat. Da möchte ich nicht von ihren Würstchen probieren.«

»Welcher Kaffee?«

»Der, mit dem sie sich bei mir revanchiert hat.«

»Wofür?«

»Dafür, dass du ihr an dem Tanzabend im ›Klabautermann‹ kein Plätzchen frei gehalten hast. Du erinnerst dich?« Sie hob die Augenbrauen an.

»Ich habe keine Ahnung, wovon du sprichst«, feixte er, und beide brachen in Lachen aus.

Paula fing sich zuerst. »Also gut. Was hast du noch zu bieten?«

»Du weißt schon, dass wir auf einer Insel sind«, scherzte Martin. »Außer erfrischenden Strandspaziergängen gibt es nicht viel.«

Mit einem gespielt vorwurfsvollen Blick wandte sie sich zu ihm um. »Kann es sein, dass du mich auf den Arm nimmst?«

»Niemals.« Abwehrend hob Martin die Hände vor die Brust.

»Außer erfrischenden Strandspaziergängen gibt es nicht viel«, äffte sie ihn nach. »Das waren meine Worte bei unserer ersten Begegnung im ›Lütt Eck‹. Wo die gute Vivienne im Übrigen auch anwesend war.«

»Tut mir leid. Null Erinnerung.« Seine Augen blitzten schelmisch.

Paula knuffte ihm in die Seite. »Martin Grothe, treib es nicht auf die Spitze.«

Sie waren längst auf dem Plattenweg angelangt und liefen nun schweigend nebeneinanderher. Der graue Beton wurde mittlerweile von dem fahlen Licht der Laternen angestrahlt, denn über dem Küstenwald war die Dämmerung hereingebrochen. Gedämpft drang das Grollen der Wellen zu ihnen hinüber und mischte sich mit dem klangvollen Rauschen des Küstenwaldes. Plötzlich blieb Martin stehen. Mit einem erwartungsvollen Lächeln schaute er Paula an und fasste nach ihren Händen.

»Vorschlag.«

»Ja?« Beim Klang seiner flötenden Stimme schwante ihr nichts Gutes.

»Wie würde dir ein romantisches Dinner auf unserem Boot gefallen? Es ist alles da, was wir brauchen. Dosenravioli und eine Flasche Chianti.«

Paula merkte, wie sie unweigerlich ihre Schultern nach vorne beugte. Das tat sie immer in unangenehmen Situationen. Und das hier würde definitiv eine werden.

»Ich weiß nicht ...«

Irgendwie schien Martin zu spüren, dass sie auf Distanz ging.

»Was ist das Problem: Dinner oder Boot?«

Sie holte tief Luft. »Romantisch.«

Das Funkeln in seinen haselnussbraunen Augen trübte mit einem Mal ein dunkler Schimmer. Martin war verletzt. Aber wenn sie weiter schwieg, würde sie ihm am Ende nur noch mehr Schmerz zufügen. Und dafür war er ein viel zu feiner Kerl.

»Wir müssen reden.« Paula befreite sich aus dem zärtlichen Griff seiner Hände und setzte sich wieder in Bewegung. Es fiel ihr leichter, wenn sie ihn nicht dabei ansehen musste. Im Augenwinkel nahm sie wahr, wie er hinter ihr hertrottete.

»Du bist ein netter Kerl, Martin.«

»Nett?«, hörte sie ihn sagen. »Das bessere Wort für langweilig.«

»Nein«, stammelte Paula nervös. »Versteh mich bitte nicht falsch. Ich fühle mich wohl in deiner Nähe. Du bist charmant ... witzig.«

»Aber?«

Martin blieb stehen. Er neigte den Kopf zur Seite und musterte sie abwartend. Zwei Schritte weiter hielt auch Paula inne. Es war besser, ein wenig Raum zu lassen.

»Das, was du dir erhoffst, wird es zwischen uns nicht geben.«

In seinem Gesicht zeigte sich keinerlei Regung. »Worauf hoffe ich denn?«

Irritiert schaute sie ihn an. Wie deutlich musste sie denn noch werden? »Martin, ich ...«

»Du bist süß, wenn du verlegen wirst.« Er grinste breit.

Wütend schlug sie ihm mit ihrer Handtasche leicht gegen den Arm. »Obwohl du mich genau verstanden hast, lässt du mich hier wie einen unreifen Backfisch herumstammeln?«

»Ein bisschen Strafe hast du schließlich verdient.« Er lachte auf und streckte dann die Hand aus. »Komm, lass uns trotzdem einen schönen Abend miteinander verbringen.«

Unschlüssig starrte Paula auf die ihr dargebotene Hand. Ihr Zögern entging ihm nicht. »Ich akzeptiere deine Gefühle«, sagte er mit weicher Stimme. »Freunde, okay?«

»Freunde.« Sie legte ihre Hand in die seine.

Sie gingen weiter, und Paulas Bedenken, der Abend würde nun in peinlichem Schweigen enden, zerstreute Martin sogleich.

»Du hast etwas in deiner Aufzählung vergessen.«
»Aufzählung?«
»Charmant, witzig ...«
»Ach ja?«
»Gut aussehend.«

14

Niedergeschlagen drückte Paula auf den Home-Button ihres Smartphones. Keine Nachricht von Hellström. Den ganzen Vormittag über hatte sie alle fünf Minuten auf das Display gestarrt, aus Angst, seinen Anruf zu verpassen. Doch nichts. Der alte Patriarch schwieg sich beharrlich aus. Wütend feuerte sie das Handy auf die karierte Tagesdecke und ließ sich rücklings auf das weiche Bett fallen. Mit den Händen bedeckte sie das Gesicht. Wie konnte ihr Leben, das so perfekt in der Spur verlaufen war, derart aus den Fugen geraten? Vor nicht einmal zwei Wochen hatte sie alles, was sie zum Glücklichsein brauchte. Einen Job, der sie ausfüllte, eine Freundin, der sie vertraute, und einen Liebhaber, der sie auf Händen trug. Eine Illusion von Glück. Doch der Schmerz darüber verging langsam. Der Sturm, der in ihrem Herzen tobte, trug einen anderen Namen. Warum nur sehnte sie sich so entsetzlich nach Simon? Er hatte sie verletzt. Ihre Gefühle ausgenutzt. Sie sollte nichts als Wut und Hass für ihn empfinden. Aber als er ihr gestern an der Steganlage begegnet war, hatte sie gespürt, wie sehr er ihr fehlte. Zum Glück hatte die Arbeit in der »Dünenrose« ein wenig das deprimierende Warten auf Hellströms Anruf verscheucht. Und die quälenden Gedanken an Simon, fügte sie traurig hinzu. Seit fünf Uhr in der Früh war sie auf den Beinen, hatte Kaffee und Eier gekocht, den Geschirrspüler ein- und einige Stunden später wieder ausgeräumt und frische Handtücher auf die Zimmer getragen.

Dankbar hatte Edda ihre Hand gedrückt, als sie mittags nach getaner Arbeit in der Küche auf einen Kaffee beieinandersaßen. »Sie sind eine bemerkenswerte junge Frau, Fräulein Hennings. Von Ihrer Sorte gibt es nicht mehr viele.«

»Danke«, antwortete Paula. »Ich hoffe, Herr Hellström sieht das genauso.«

»Haben Sie noch immer keine Nachricht wegen der neuen Stelle?«, erkundigte sich die ältere Frau behutsam.

Paula schüttelte den Kopf und ließ den Kaffee langsam in ihrem Becher kreisen. »Nein. Mein Telefon schweigt wie ein Grab.«

»Das wird schon.« Die Pensionsbesitzerin lächelte aufmunternd. »Sie wissen doch, wenn irgendwo eine Tür zuschlägt, geht woanders eine andere auf.«

»Doch woher weiß ich, ob gerade die dann die richtige für mich ist?«, entgegnete Paula. »Ich bin in letzter Zeit zu oft durch die falsche Tür getreten.«

Eddas graue Augen musterten sie ernst. »Martin Grothe?«

»Martin?« Überrascht hob Paula den Kopf. »Nein, er ist im Moment der einzige Lichtblick in meinem dunklen Tunnel. Wie kommen Sie darauf, dass ausgerechnet er der Grund für meinen Kummer ist?«

Doch das Schrillen der Tischglocke an der Rezeption hatte sie um die Antwort auf ihre Frage gebracht. Edda hatte sich erhoben und war aus der Küche geeilt.

Paula wälzte sich aus dem Bett und trat an das kleine Fenster in ihrem Zimmer. Endlich war der Frühling nach Hiddensee zurückgekehrt. Von einem coelinblauen Himmel fiel das helle Licht der Sonne und ließ den Küstenwald in einem bezaubernden Licht erstrahlen. Die schlanken Kiefern wiegten sich sanft im Wind.

Der gestrige Abend mit Martin war besser verlaufen, als sie erwartet hatte. Niemand hörte gern, dass seine Gefühle nicht erwidert wurden. Doch er war souverän damit umgegangen. Martin hatte auf dem Boot das Ravioli aufgewärmt, den Wein entkorkt und Geschichten aus seinem Job zum Besten gegeben. Vor Lachen war ihr kaum Zeit zum Luftholen geblieben. Anschließend hatte er sie zurück in die »Dünenrose« begleitet und sie für den nächsten Tag zum abendlichen Strandfeuer von Kloster eingeladen. Vielleicht schafften sie es ja tatsächlich, Freunde zu bleiben.

Nachdenklich wandte Paula sich vom Fenster ab. Warum Edda auf Martin so seltsam reagierte, wusste sie nicht. Sie wusste nur, dass er ihr guttat. Wenigstens für eine Weile vertrieb er die Gedanken an Simon aus ihrem Kopf. Trotzdem war sie unschlüssig, ob sie Martins Einladung zum Strandfeuer am Abend folgen sollte. Womöglich würde sie Simon und Vicky direkt in die Arme laufen, und Martin fragen, ob die beiden dort auftauchen würden, wollte sie nicht. Aber die Aussicht, den Rest des Tages grübelnd auf ihrem Pensionszimmer zu verbringen, deprimierte sie. Ihre Gedanken würden doch nur ständig um Simon kreisen.

Ihr Blick fiel auf den Fleecepullover auf ihrem Kopfkissen. Sie musste endlich damit aufhören, in den Stunden am Leuchtturm mehr zu sehen als eine kurze Affäre. Simon lebte in einer festen Beziehung. Und sie hatte sich auf ihn eingelassen. Jeder ging seine eigenen Wege. Warum sollte sie Martin absagen?

Der rote Feuerschein tanzte flackernd unter dem schwarzen, klaren Sternenhimmel. Kaum spürbar blies der laue Wind von der Ostsee herüber. Paula stand auf der Düne und schaute sich suchend nach Martin um. Doch zwischen den Urlaubern und Einheimischen, die ausgelassen zum Feuer strömten, tauchte sein Gesicht nicht auf. Wo steckte er nur?

Seit einer halben Stunde stand sie sich bereits die Beine in den Bauch. Auch wenn es eine milde Nacht war und sie unter ihrem Friesennerz Simons warmen Pullover trug, spürte sie allmählich die Kälte von den Füßen hinaufkriechen. Noch länger hier oben auszuharren, hatte keinen Zweck. Vermutlich hatte sie Martin einfach verpasst, dachte sie enttäuscht.

Paula zog den Reißverschluss ihres Friesennerzes höher und stapfte den Dünenaufgang hinunter. Von einer kleinen Holzbude wehte der Duft von Bratwurst und Sanddorngrog zu ihr herüber. Unweigerlich musste sie an ihre erste Begegnung mit Vicky denken. Wie ein Häufchen Elend hatte sie in ihrem Café gehockt und über Jan und Gesines Fehltritt gegrübelt. Dass sie nicht einmal drei Tage später Vicky den gleichen Kummer bereiten würde, hätte sie nie zu glauben gewagt.

Schnell schob Paula die Gedanken beiseite und quetschte sich zwischen einer Gruppe feuchtfröhlicher Touristen hindurch zu der Holzbude vor. Sie bestellte einen Grog, legte das abgezählte Kleingeld auf die Theke und nahm den warmen Becher dankbar entgegen. Die Hitze des Alkohols strömte berauschend durch ihren Körper. Paula lehnte sich entspannt mit dem Rücken an die Bretterwand und ließ ihren Blick über die Menschenmenge schweifen. An einem der Strandkörbe blieben ihre Augen hängen. Sie reckte den Kopf, um besser zu sehen. Doch sie hatte sich nicht getäuscht. Martin! Nur war er nicht allein. Viviennes lange blonde Mähne hing über seine Schulter, ihre Arme lagen eng um seinen Hals geschlungen. Martins rechte Hand strich sinnlich über ihre Oberschenkel.

Paula wandte den Blick ab. Sie fühlte keine Eifersucht, keinen Stich im Herzen. Alles, was sie fühlte, war Enttäuschung. Sie hatte Martin nichts vorzuwerfen. Die Fronten zwischen ihnen waren eindeutig geklärt. Und doch hatte sie geglaubt, dass er anders wäre.

Vorsichtig nahm sie einen Schluck vom heißen Grog. Er schmeckte nicht. Nicht mehr. Sie stellte das halb volle Glas auf die Theke und drängelte sich mit gesenktem Kopf an den feiernden Menschen vorbei. Sie wollte nach Hause. Wirklich nach Hause. Zurück nach Hamburg. Nicht in die »Dünenrose«. Edda hatte recht. Die Insel hatte ihren eigenen Rhythmus. Nur sie konnte diesem Takt nicht folgen. Wollte ihm nicht mehr folgen. Es wurde Zeit, dass sie Hiddensee endlich den Rücken kehrte. Edda würde das verstehen. Und für ihre gebrochene Hand fanden sie eine Lösung. Wie hätte ihre Großmutter gesagt? *Es gibt immer eine Lösung, nur nicht für den Tod.* Und die Liebe, fügte sie in Gedanken hinzu.

»Guten Abend, Paula.«

Sie zuckte zusammen und blickte auf. Vickys grüne Augen funkelten wütend im Feuerschein. Mit ihrem hochgesteckten Haar, dem taillierten Trenchcoat und den schwarzen Reiterstiefeln versprühte sie auch am Strand so viel Sex-Appeal, dass die umstehenden Männer verstohlen zu ihr herüberschauten.

Regungslos verharrte Paula auf der Stelle. Ihre Kehle war wie zugeschnürt. Wusste Vicky, mit *wem* Simon sie betrogen hatte?

»Warum bist du nicht zusammen mit Jan Weller von der Insel verschwunden? Was suchst du überhaupt noch hier?«

Also hatte er ihr nichts verschwiegen. Doch ihre verletzten Gefühle sollte sie mit ihm ausmachen. Paula straffte die Schultern. »Ich reise morgen früh ab.« Mit erhobenem Kopf drehte sie sich weg und stakste in die entgegengesetzte Richtung davon.

»Das ist wohl das Beste für alle. Du und dein Freund, ihr

hättet gar nicht erst hier auftauchen sollen«, hörte sie Vicky noch rufen.

Paula schossen die Tränen in die Augen. Blind stolperte sie Richtung Feuer. Sie spürte die Hitze der Glut auf ihren Wangen. Das Gelächter der Menschen drang wie durch Watte an ihr Ohr. In ihrem Kopf rauschten Vickys harsche Worte. Nach ein paar Schritten, abseits vom Trubel der Menge, sank sie in den kühlen Sand. Warum zum Teufel war sie nicht in der Pension geblieben? Sie wusste doch, was passieren würde. Aber in Martins Nähe wiegte sie sich in Sicherheit. Unangreifbar. Wem wollte sie etwas beweisen? Simon? Sich selbst?

Leider verstand Paula nur allzu gut, wie sehr es in Vicky brodelte. Die unstillbare Wut, der nicht enden wollende Schmerz. Der Frau in die Augen zu blicken, die sich wollüstig den Berührungen des Mannes, dem sie vertraute, hingegeben hatte. Dieses Bild brannte sich für immer ein. Aber warum Jan? Was hatte er damit zu tun?

Der Schatten über ihr riss sie aus ihrer wirren Grübelei. Paula hob den Kopf und blickte in Simons blaue Augen. Der Feuerschein erhellte sein Gesicht.

»Darf ich?«

Sie nickte stumm. Das Ziehen im Bauch begrüßte sie wie einen lang vermissten Freund. Er setzte sich, schlug die Arme um die Knie und richtete den Blick auf die dunkle See. Das leise Kräuseln der Wellen schwappte zu ihnen hinüber. Eine Weile hockten sie still beieinander.

»Morgen früh nehme ich die erste Fähre«, durchbrach er schließlich das erdrückende Schweigen. »Ich werde in Schweden schon früher erwartet als ursprünglich geplant.«

Sie fühlte das Messer in ihrem Herzen. Scharf und kalt. Warum erzählte er ihr das alles? Er gehörte zu Vicky.

»Du solltest nicht hier sein«, sagte Paula mit erstickter Stimme. Mit dem Handrücken wischte sie ihre Tränen fort.

Simon schaute sie an. Die graue Wollmütze hatte er tief in die Stirn gezogen, sodass sein schwarzes Haar komplett darunter verschwand. Im Halbdunkel konnte sie seinen dichten Bart kaum erkennen. Doch das Verlangen in seinen Augen sah sie genau. »Ich will dich, Paula.«

Ihr Herz klopfte bis zum Hals. Die Sehnsucht, ihn zu berühren, durchbohrte sie wie ein stumpfer Pfeil. Krampfhaft presste sie die Hände zusammen. »Es würde nicht funktionieren.«

»Probieren wir es aus«, flüsterte er heiser und beugte sich zu ihr herüber. Paula spürte seinen heißen Atem auf ihrem kühlen Gesicht. Seine rechte Hand berührte ihre Wange, fuhr langsam den Hinterkopf hinab. Sanft zog er sie an sich und küsste sie. Zärtlich und fordernd zugleich. Paula stöhnte leise auf und ließ sich fallen. Oh Gott, wie sehr hatte sie diesen Mann vermisst. Ihre zitternde Hand streifte seinen Oberschenkel und tastete sich an dem groben Stoff seiner Jeans hinauf. Simon erbebte.

»Lass uns gehen«, hauchte er in ihr Ohr.

Blitzartig ließ sie von ihm ab. Vielleicht holte sie das Lachen der Menschen ins Hier und Jetzt zurück, vielleicht auch das bedrohliche Rauschen einer Welle. Sie wusste es nicht mehr. Sie wusste nur, dass dieser Kuss nie hätte passieren dürfen. »Ich kann das nicht.«

Auf seinem Gesicht spiegelte sich Verwirrung. »Aber du willst es doch.«

Warum quälte er sie so? Er wusste, wie sehr sie unter der heimlichen Affäre zu Jan gelitten hatte. Und doch verlangte er von ihr, alles noch einmal zu durchleben? Für eine einzige, berauschende Nacht?

Paula sprang auf. »Du glaubst zu wissen, was ich will? Nein, Simon! Das tust du nicht. Ich will einen Mann, mit dem ich einschlafen kann und der bei mir ist, wenn ich aufwache. Keine einsamen Wochenenden, keine nicht enden wollenden Feiertage. Ich will mit einem Mann Händchen haltend durch den Stadtpark laufen. Ihn sehen, wann immer ich will. Das ist es, was ich will.« Sie atmete die kühle Nachtluft ein. Das feine Salz strömte durch ihre Lunge. »Ich will, dass du einfach aus meinem Leben verschwindest.«

Mit einem Ruck drehte sie sich um und verschwand in den dunklen Dünen.

15

Der silberne Rollkoffer lag aufgeklappt auf ihrem Bett. Wieder einmal. Doch diesmal packte sie ihn für immer. Wie eine abgestorbene Haut würde sie alles von sich abstreifen, was sie an ihr altes Leben erinnerte. Jan und Gesine, den Job in Hamburg, Hellström, Martin und Vicky, die Insel. Und Simon. Das hatte Paula sich in der letzten Nacht geschworen.

Sie nahm das Handy vom Nachttisch und sendete eine SMS an ihren Vater: *Komme heute Abend zurück. Warte nicht auf mich.* Ihr Vater würde Fragen stellen. Das tat er immer. Doch Antworten würde er nicht bekommen. Nie wieder darüber sprechen. Das war der Plan. Sie wollte die Fähre um dreizehn Uhr nehmen, dann mit dem Bus weiter bis Stralsund und dort in den ICE nach Hamburg steigen. Zusammen mit Edda hatte sie am Morgen an der Rezeption nach einer günstigen Verbindung gesucht und das Onlineticket ausgedruckt. Den Mietwagen hatte sie ja bereits bei ihrer Anreise in Stralsund zurückgegeben. Mit traurigen Augen hatte die alte Dame Paula angeschaut. »Ich werde Sie vermissen, junges Fräulein.«

»Sie werden mir auch fehlen, Sie und diese wunderschöne Pension.«

»Sie sind jederzeit herzlich eingeladen. Für Sie habe ich immer ein Zimmer frei«, hatte Edda freundlich erwidert.

Energisch hatte Paula den Kopf geschüttelt. »Die Insel hält nichts Gutes für mich bereit.«

Verwundert über die Heftigkeit ihrer Worte, hatte die Pensionsbesitzerin sie vorsichtig gemustert. Aber sie behielt ihre Gedanken für sich, strich ihr nur verständnisvoll über die Hand. Wieder einmal überkam Paula das unbestimmte Gefühl, dass Edda an Martin dachte. Doch sie hatte die ältere Frau in dem Glauben gelassen, er wäre der Grund für ihre überstürzte Abreise.

Paula stopfte den E-Book-Reader fest zwischen Jeans und Sportschuhe. Jetzt fehlte nur noch die Kosmetiktasche, dann war sie fertig. Auf dem Weg ins Bad fiel ihr Blick auf den Fleecepullover am Boden. Sie hielt inne. Sollte sie ihn wirklich zurücklassen? Schon wieder diese Zweifel, dachte sie resigniert. Wie ferngesteuert griff sie nach dem weichen Stoff und ließ ihn durch die Finger gleiten. Simons herber Duft drang ihr in die Nase. Und damit auch der gestrige Kuss am Strand. Der unstillbare Hunger in seinen Augen, der feste Griff seiner Hand, das sinnliche Spiel seiner Zunge. Es war so leicht gewesen, sich in seine Arme fallen zu lassen. Doch am Ende hätte es sie wieder nur verletzt. Nein! Keine Sentimentalitäten. Resolut warf sie den Pullover zurück auf den Boden. Er barg zu viele Erinnerungen. Zu viele Sehnsüchte.

Ihr Handy piepte. Einen winzigen Moment flammte die Hoffnung auf, eine E-Mail von Hellström in ihrem Postfach zu finden. Schnell eilte Paula zum Nachttisch und strich über das dunkle Display. Die vertraute Enttäuschung machte sich in ihr breit. Eine SMS von ihrem Vater war eingetroffen. *Dein haariger Mitbewohner vermisst dich. Es wird Zeit, dass du nach Hause kommst.* Ihre Augen füllten sich mit Tränen. Ja, sie wollte endlich nach Hause.

Einige Minuten später stieg Paula die schmale Holztreppe hinab. Vor ihrer Abreise gab es noch etwas zu erledigen. Sie bog um die Ecke, und bevor die Haustür laut ins Schloss fiel, nahm sie im Augenwinkel einen dunklen Schatten wahr. Abrupt blieb sie stehen. Hatte sie nicht Simons schwarzen Haarschopf durch den Spalt verschwinden sehen? Nein, unmöglich.

Sie musste sich getäuscht haben. Vermutlich spielten nur ihre Sinne verrückt. Simon war längst auf dem Weg nach Schweden. Es wurde Zeit, dass sie endlich heimfuhr.

Hinter der Rezeption stand die rundliche Edda und drehte ihr lächelnd den Kopf zu. »Noch etwas vergessen?«

»Ja«, sagte Paula mit brüchiger Stimme und schob den Fleecepullover über den Tresen. »Ich habe noch eine Bitte. Könnten Sie den hier Simon wiedergeben, wenn er aus Schweden zurückkommt?«

Die alte Dame senkte ihre trüben Augen und starrte verwirrt auf den schwarzen Stoff. Paula ahnte, was in ihrem Kopf vor sich ging. Sie war darauf vorbereitet. »Bitte lassen Sie es nicht Vicky wissen. Sie muss nicht ständig an uns beide erinnert werden. Es ist auch so schwer genug für sie.«

Edda schien völlig perplex. Dass sie der Grund für Simons Fehltritt war, wäre ihr wohl nie in den Sinn gekommen. Irritiert blickte sie auf. »Sie und Simon?«

Paula nickte. Der Kloß in ihrem Hals schmerzte. Edda hatte sie so herzlich aufgenommen, und sie musste die Frau enttäuschen. »Würden Sie das bitte für mich tun?«

»Ja, natürlich.« Ihre Stimme klang weich. Paula spürte, wie ihr ein kleiner Stein vom Herzen plumpste. Sie mochte Edda. Es war ihr wichtig, dass sie nicht im Gram auseinandergingen.

»Aber warum Vicky?«

Entgeistert blickte sie in das faltige Gesicht. »Ich verstehe nicht, was Sie mir sagen wollen.«

»Simon und Vicky sind seit zwei Jahren geschieden. Warum soll sie nichts erfahren?«

Um Paula herum drehte sich alles. Ihre Knie drohten wegzuknicken. Eddas Worte schwirrten in ihrem Kopf, doch sie bekam sie nicht zu fassen. »Ich habe die beiden zusammen gesehen ... oben am Leuchtturm«, stammelte sie. »Dann hier in Ihrem Garten ... Ein schönes Paar. Das waren Ihre Worte, Edda.«

Die Pensionsbesitzerin wirkte noch immer etwas durcheinander. »Ja, ein schönes Paar. Von dem ich mir gewünscht hätte, dass sie irgendwann wieder zusammenkommen. Das ist es, was ich Simon immer ans Herz gelegt habe. Doch die Liebe richtet sich nicht nach den Wünschen einer alten Frau.« Gedankenverloren strich sie über den Pullover. »Vor zehn Jahren ist er zum ersten Mal nach Hiddensee gekommen, und bald darauf haben die beiden geheiratet. Vicky wünschte sich ein Kind, doch für Simon gab es nie den richtigen Zeitpunkt. Nicht, dass er keine Kinder wollte, aber seine Arbeit hatte immer Vorrang. Erst die Doktorarbeit, später dann die monatelangen Forschungsprojekte in halb Europa. Schlussendlich ist ihre Liebe daran zerbrochen, und Vicky hat die Scheidung eingereicht.«

Paula sank verstört in den Korbsessel neben der Rezeption. Ihre Gedanken schlugen Purzelbäume. Wie sollte sie nicht denken, dass die zwei kein Paar wären? Sie wirkten immer so innig, so vertraut miteinander: an dem Tanzabend im »Klabautermann«, später, als sie mit Jan zum Essen dort war, und dann Simons zärtliche Umarmung in der Finnhütte.

»Aber wieso der *Himmel auf Erden?*« Sie starrte Edda ungläubig an.

»Wovon sprechen Sie?«

»Unlängst am Hafen ...« Paula stockte. »... Vicky hat gesagt, Simon hätte ihr den Himmel auf Erden versprochen.«

Die Pensionsbesitzerin lächelte mild. »Das ist ein alter Witz zwischen den beiden. *Himmel und Erde*. Ein Gericht aus Stampfkartoffeln und Äpfeln, das Simon ständig für sie kochen musste. Vicky konnte sich nie den Namen merken.« Wieder strich sie über den Pullover. »Ich bin froh, dass die beiden sich weiterhin so gut verstehen. Gerade nach dem Pech, das Vicky in der letzten Zeit mit den Männern hatte. Darum war sie vor einigen Tagen weinend in meinem Garten aufgetaucht.«

Noch immer war Paula wie vor den Kopf geschlagen. Alles, was sich für sie logisch ineinandergefügt hatte, schien wie ein Puzzle zu zerfallen. Sie dachte an Martins Worte, als er Vicky oben an der Finnhütte angetroffen hatte. *Ist ja nicht das erste Mal.* Vicky hatte sich bei Simon ausgeweint. Mehr nicht.

Resigniert senkte sie ihren Blick in den Schoß. »Warum hat Simon denn nie etwas gesagt?«

Edda blickte sie mitfühlend an. »Dass sie Freunde sind?«

»Ja«, stieß Paula leise hervor.

»Ist das denn wichtig?«

Unmerklich schüttelte sie das dunkelblonde Haar. »Nicht mehr. Ich habe ihm schlimme Dinge an den Kopf geworfen. Er würde vermutlich nie wieder ein Wort mit mir wechseln.«

»Einen Versuch ist es allemal wert«, bemerkte Edda beinahe beiläufig und ließ ihren Blick zur Uhr hinter der Rezeption wandern. »Er ist gerade zur Tür raus. Seine Fähre legt in zwanzig Minuten ab.«

Paula brauchte einige Sekunden, um zu begreifen, dass Simon noch nicht für immer fort war. Völlig aufgelöst rappelte sie sich aus dem Korbsessel und stürzte nach draußen. Nach drei Schritten knickte sie mit ihrem rechten Fuß auf dem Granitpflaster um. Entsetzt starrte sie nach unten. Verflucht! Die roten Pumps. Sekundenschnell schlüpfte sie aus den Schuhen und rannte barfuß auf den kalten Steinen weiter. Der frische Aprilwind kroch kalt durch die Maschen ihres roten Seidenpullis. Doch sie spürte nichts. Nur die Angst, ihn zu verpassen. Die Angst, ein Leben mit Simon Wolff zu verpassen.

Als sie den Plattenweg erreichte, bremste sie. Simons hochgewachsene Gestalt verschwand gerade hinter der nächsten Biegung. Paula rannte weiter.

»Simon!« Ihr Rufen hallte zwischen den Kiefern wider. »Warte! Bitte!«

Er musste sie gehört haben, denn plötzlich blieb er stehen und drehte sich um. Erleichtert drosselte Paula das Tempo. Die letzten Meter ging sie atemlos auf ihn zu. Wieder standen sie auf dem Plattenweg. Wieder starrten sie einander an. Nicht einmal zwei Wochen lagen dazwischen. Und doch erschien es ihr wie eine halbe Ewigkeit.

»Ich habe mich wie eine komplette Idiotin verhalten«, keuchte sie und beugte sich leicht nach vorn. Die Hände mit den Pumps in den Seiten. Simon taxierte sie durch seine schwarze Brille. Abweisend und verletzt.

»Der Tag am Leuchtturm … plötzlich lag Vicky in deinen Armen. Ich dachte, du …« Sie stockte.

»Was, Paula? Was dachtest du?« Die Härte in seiner Stimme überraschte sie. »Dass ich wie Jan bin? Der mit Vicky ins Bett steigt und sich mit einem Zettel auf dem Nachttisch, *War schön mit dir, Süße,* klammheimlich von der Insel verdrückt?«

Mit einem Schlag verstand sie. Jans gierige Blicke im »Klabautermann«, sein verkatertes Gesicht nächsten Tag am Hafen, Vickys Tränen, ihre zornigen Worte am Strand.

»Wenn ich nur geahnt hätte …«

»Hätte das etwas zwischen uns geändert? Deine Gefühle für mich?« Seine blauen Augen funkelten wütend.

Paula suchte nach den richtigen Worten. Doch gab es die überhaupt noch? Ihre Arme fielen herab. »Ich will dich, Simon. Seit unserer ersten Begegnung. Hier auf diesem Plattenweg. Aber du und Vicky, ihr scheint so vertraut, so voller Wärme und Mitgefühl füreinander.«

Sie konnte sehen, wie er verbissen auf der Unterlippe kaute. Zwischen seinen Augen entstand eine tiefe Falte. Schnell redete sie weiter. »Ich wollte mich nicht in eine Beziehung einmischen. Nicht schon wieder. Dieser ganze Schmerz war noch so frisch.«

»Und was ist mit mir, Paula?«, presste er zornig hervor. »Hast du dich einmal gefragt, wie ich mich dabei fühle? Du verschwindest spurlos am Leuchtturm und weist mich wie einen räudigen Hund zurück. Ohne mir auch mit nur einem Wort zu erklären, was der Grund dafür ist.«

Betreten schaute Paula auf die grauen Betonplatten. Sie hatte ihn mit ihrem erbärmlichen Verhalten gekränkt.

»Noch nie habe ich für eine Frau so tief empfunden wie für dich.«

Hoffnungsvoll schaute sie zu ihm auf. Aber in den blauen Augen fand sie nur seinen Schmerz.

»Doch es hat nicht gereicht. Nicht für dich.«

»Wäre ich sonst hier?«, fragte sie flehentlich.

Simon atmete mühsam ein und streckte das Gesicht in den blauen Himmel. Sekundenlang verharrte er in seiner Haltung. Dann blickte er sie traurig an. »Ich bin nicht der Mann, nach dem du dich sehnst, Paula. Ich gehe für drei Jahre nach Schweden. Kein gemeinsames Einschlafen, kein gemeinsames Aufwachen. Nur blindes Vertrauen. Und ich weiß nicht, ob du das noch kannst.«

Wie versteinert stand sie da und starrte ihn an. Sie fühlte keinen Zorn, keine Angst. Alles, was sie fühlte, war eine hoffnungslose Leere. Ihre Worte erreichten ihn nicht mehr. Es war vorbei.

»Es stimmt. Ich kann es nicht mehr ... blind vertrauen«, sagte Paula mit brüchiger Stimme. »Aber für dich hätte ich es noch einmal versucht.«

Sie schnellte herum und rannte den Weg zurück, ohne sich noch einmal umzudrehen. Lautlos liefen heiße Tränen über ihr Gesicht. Die roten Pumps wippten in den Händen auf und ab. Unter ihren Füßen schmerzten die kalten, porösen Platten. Erst als das Handy in ihrer Hosentasche vibrierte, blieb sie stehen. Paula angelte es mit Daumen und Zeigefinger hervor und strich über das schwarze Display. Sie brauchte ein paar Sekunden, um zu begreifen, dass dort Hellströms Name aufleuchtete.

16

Zehn Monate später

D»anke noch mal, dass du mich vom Flughafen abgeholt hast.«

Paula drückte ihren Vater an sich. Der vertraute Duft seines holzigen Rasierwassers strömte beruhigend durch ihre Nase. Sie war endlich zu Hause. Er erwiderte nichts, streichelte ihr nur sanft über die von der Kälte geröteten Wangen, bevor er seinen schweren Wintermantel wieder zuknöpfte. Mit einem nachdrücklichen Kopfnicken deutete ihr Vater auf den verschlossenen Briefumschlag auf der Kommode und küsste sie auf die Stirn.

»Mach's gut, Kleines.«

»Kraul den Kater für mich!«, entgegnete Paula.

Er lächelte flüchtig. Kurz darauf verschwand sein leicht gebeugter Rücken durch den offenen Spalt. Sie schaute ihm nach, hörte seine Schritte dumpf im Treppenhaus widerhallen. Dann fiel die Haustür unten ins Schloss.

Paula zog die Wohnungstür hinter sich zu und atmete erleichtert aus. Der voll besetzte Flug von Stockholm nach Hamburg hatte an ihren Nerven gezerrt. Die routinierte Hektik am Check-in-Schalter, die erdrückende Enge in der Wartezone und schließlich das laute Stimmengewirr in der dröhnenden Maschine. Als sie zwei Stunden später auf dem Beifahrersitz ihres Vaters gekauert hatte, waren ihr vor Erschöpfung die Augen zugefallen, während er sich durch die vollgestopften, winterlichen Straßen Hamburgs geschlängelt hatte. Seit sechs Uhr früh war sie auf den Beinen und sehnte sich nach einer heißen Dusche. Müde streifte sie ihre schwarzen Reiterstiefel von den Füßen und ging ins Wohnzimmer. Der Brief blieb auf der Kommode. Sie konnte ihn nicht lesen. Noch nicht.

Paula trat hinter das Fenster und legte die klammen Hände auf den Heizkörper. Eine wohlige Wärme durchfuhr ihren zitternden Körper. Sie lächelte dankbar. Ihr Vater hatte vorsorglich die Heizung aufgedreht. Vermutlich war er sofort in ihre Wohnung gestürmt, nachdem sie ihm gestern die Ankunftszeit ihres Fluges mitgeteilt hatte. Was würde sie nur ohne ihn machen? Seit sie in Stockholm lebte, kümmerte er sich nicht nur um die Wohnung und die Post, auch der Kater hatte vorerst eine Bleibe bei ihm gefunden. Wobei Paula bezweifelte, dass ihr grau getigerter Mitbewohner irgendwann zu ihr zurückkehren würde. Die Gesellschaft eines liebevollen Rentners mit üppigen Futter- und Streicheleinheiten tauschte man nicht so schnell wieder ein. Vielleicht wurde es Zeit, dass sie ihre Wohnung in Hamburg kündigte. Ihr neues Leben war jetzt in Stockholm. Hier gab es schließlich nichts mehr, was sie hielt.

Paula griff nach ihrem silbernen Koffer, den ihr Vater neben dem Sofa abgestellt hatte. Viel Gepäck hatte sie nicht aus Stockholm mitgebracht. Nur das Nötigste. Sie würde ja nicht lange bleiben. Ihr Job bei Hellström ließ ihr kaum eine freie Minute. Seit sie vor zehn Monaten die Stelle als Projektsteuerin in der Hellströmhotelkette angetreten hatte, hatte sie sich regelrecht in ihre neue Aufgabe verbissen. Von morgens um neun bis spät in den Abend hockte sie in ihrem geräumigen, lichtdurchfluteten Büro in Norrmalm und koordinierte die Neu- und Umgestaltungen der Hellströmhotels in ganz Europa. Sie liebte ihre Arbeit, die ungezwungene, lockere Art der Schweden, den traumhaften Schärengarten rund um die Stadt.

Noch immer verspürte Paula eine tiefe Dankbarkeit für das Vertrauen, das der alte Hotelpatriarch ihr geschenkt hatte. Als sie damals mit ihrem Handy auf dem Plattenweg stand, konnte sie kaum glauben, was für ein Angebot er ihr da unterbreitete. Endlich bekam sie die Möglichkeit, sich frei zu entfalten, konnte Räume nach ihren eigenen Vorstellungen zum Leben erwecken. Sie war da, wo sie immer hingewollt hatte. Gleichwohl fehlte ihr etwas. Oder jemand. Denn nachts, wenn sie schlaflos am Fenster ihrer kleinen Wohnung lehnte, Adeles *Hello* in der Endlosschleife lief und sie das glitzernde, schwarze Wasser des Fjords betrachtete, fühlte sie eine unbeschreibliche Leere. Irgendwo da draußen musste Simon sein. So nah. Doch für Paula unerreichbar fern.

Sie klappte den Koffer auf, nahm die schmutzige Wäsche heraus und stellte im Bad die Waschmaschine an. Dort, wo sie morgen hinfuhr, brauchte sie die Sachen nicht. Nur ihre Jeans und die warme Daunenjacke. Sie würde auf Hiddensee nicht lange bleiben, nur so lange wie nötig. Bis sie alle Angelegenheiten geklärt hatte. Paula drehte die Dusche auf und schlüpfte aus ihren Sachen. Als ihr müder Blick in den Spiegel über dem Waschbecken fiel, hielt sie inne. Hatte sie wirklich die Kraft, dort hinzureisen? Die Insel wiederzusehen? Aber Edda ließ ihr keine andere Wahl. Sie hatte das für sie entschieden.

Eine halbe Stunde später hockte Paula mit dem Laptop auf dem Sofa und buchte ihr Onlineticket für den Zug nach Stralsund. Vom Bahnhof aus würde sie bis zum Fähranleger in Schaprode ein Taxi nehmen und dort auf die »Blaue Anna« steigen. Wenn sie Glück hatte und alles ohne unerwartete Zwischenfälle verlief, wäre sie noch am gleichen Tag wieder in Hamburg. Der Immobilienmakler hatte ihr zugesichert, dass sie in zwei Stunden das Wichtigste besprochen hätten. Den

Rest könnten sie auch später per E-Mail regeln. Die Buchungsbestätigung leuchtete auf, und Paula steckte das USB-Kabel in die Buchse. Während sie darauf wartete, dass der Drucker ihr Ticket ausspuckte, wanderte ihr Blick zu dem Brief auf der Kommode. Warum hatte Edda das getan? Ausgerechnet ihr die Pension vermacht?

Der Anruf ihres Vaters vor einer Woche hatte Paula völlig aus der Bahn geworfen. Ein Notar hatte sich bei ihm gemeldet. Seine Tochter hätte ein Haus geerbt, und wo sie zu erreichen wäre. Ungläubig hatte sie dort angerufen und erfahren, dass Edda vor fünf Wochen verstorben war. Kurz nach Weihnachten. Sie war schon länger krank gewesen. Ein schwaches Herz. Paula war wie vor den Kopf geschlagen. Edda steckte so voller Schwung und Tatendrang, als sie im letzten Frühjahr in ihrer Pension gewesen war. Nun war sie tot und hatte ihr die »Dünenrose« vererbt.

Paula wusste, dass Edda keine eigenen Kinder hatte. Sie hatte es einmal bei einem ihrer vielen Gespräche erwähnt. Aber warum gerade Paula? Sie beide kannten sich doch kaum. Nicht einmal zwei Wochen hatte sie auf Hiddensee verbracht. Eddas Brief auf der Kommode würde ihr die Sache mit dem Haus vermutlich erklären. Der Notar hatte ihn ihr zusammen mit den Unterlagen und dem Schlüssel zugeschickt. Sie schob den Laptop von ihren Knien, zog das Ticket aus dem Drucker und schlich in den Flur. Nachdenklich betrachtete sie den Umschlag. In unförmigen Buchstaben prangte dort ihr Name: Paula Hennings. Doch noch war sie nicht bereit dazu. Sie würde ihn auf Hiddensee lesen, nachdem sie den Verkauf der »Dünenrose« hinter sich gebracht hatte.

Der Signalton der Waschmaschine schallte herüber und riss

sie aus ihrer Grübelei. Schnell stopfte Paula den Brief in ihre Handtasche und floh erleichtert ins Bad.

17

Ein eisiger Wind kniff hart in ihr Gesicht. Fröstelnd zog Paula den dicken Wollschal bis unter die Nasenspitze. Sie lehnte an der Reling der »Blauen Anna« und starrte auf den Horizont. Dicke Schneewolken hingen tief über dem Leuchtturm und tauchten die Insel in ein trübes Licht. Graue, winterliche Tristesse. Nichts war wie in ihrer Erinnerung. Wofür Paula dankbar war. Das Wetter machte es ihr leichter, zurückzukehren.

Sie zog das Handy aus ihrer Jackentasche und schaute auf die Uhr. Zehn Minuten nach neun. Der Makler wollte mit der Mittagsfähre übersetzen. Sie hatte also noch ausreichend Zeit, um sich in aller Ruhe in der »Dünenrose« umzusehen. Die letzten Feriengäste waren vor vier Wochen dort gewesen, seitdem stand die Pension leer. Kurzfristig einen Käufer für das Haus zu finden, war vermutlich nicht schwer. Der Makler hatte am Telefon angedeutet, dass sich bereits drei Interessenten bei ihm gemeldet hätten. Aber Paula wollte nur an jemanden verkaufen, der auch die »Dünenrose« weiterführen würde. Das wäre in Eddas Sinn gewesen. Mehr konnte Paula nicht für sie tun.

Das Signalhorn der »Blauen Anna« ertönte. Knut trat aus dem Kabinenhaus und nickte ihr zu, während er den Kragen seiner Öljacke hochschlug und zum Bug stapfte. Paula überkam die vage Vermutung, dass der alte Fährmann immer noch genau wusste, wer sie war. Doch Kloster war schließlich ein Dorf. Dass sie Eddas Pension geerbt hatte, hatte sich im Ort wahrscheinlich schon wie ein Lauffeuer verbreitet. Schnell fasste sie nach ihrer Handtasche, die sie auf einer der Sitzbänke abgestellt hatte, und folgte den anderen wenigen Fahrgästen zur Rampe. Die »Blaue Anna« legte mit einem Rumpeln an. Ungestüm schlugen die aufgepeitschten Wellen gegen den Anleger. Gerade einmal zwei Passagiere standen frierend am Kai und warteten darauf, auf die Fähre steigen zu können. Der Hafen schien verwaist. In der Ferne konnte sie erkennen, dass auch die hölzernen Läden des »Lütt Ecks« um diese frühe Stunde noch zugeschlagen waren. Paula eilte von der »Blauen Anna«. Nach ein paar Metern bog sie in den grauen Plattenweg ein.

Mit einem Schlag überkam sie die Erinnerung. Als hätte sie erst gestern hier mit Simon gestanden. Zitternd, in ihrem dünnen Seidenpulli und mit den roten Pumps in der Hand. Wie oft hatte sie sich schon mit der Frage gequält, ob sie ihn an diesem Morgen hätte zurückhalten können. Hatte sie ihm wirklich alles gesagt, all das, was sie tatsächlich für ihn empfand? Aber was hätte es geändert? Jetzt, da so viele Monate dazwischenlagen, wusste Paula, dass Simon recht hatte. Blind vertrauen. Sie konnte es nicht. Die Narben waren zu tief.

Zu ihrer Linken tauchte endlich der schmale Abzweig zur »Dünenrose« auf. Ein kalter Windstoß erfasste ihre Daunenjacke, als sie mit schnellen Schritten über das verlassene Grundstück hastete. Im Laufen zerrte Paula den Schlüssel aus ihrer Handtasche und sperrte die Haustür auf. Nach dem Marsch in dem ohrenbetäubenden Wind war die Stille im Haus beinahe unheimlich. Sie lehnte sich mit dem Rücken gegen die Tür und knöpfte die dicke Jacke auf. Regungslos stand sie da und ließ ihren Blick über die Rezeption schweifen. Der kleine Empfangstresen, die goldene Tischglocke, Eddas Computer, mit dem sie immer auf Kriegsfuß stand, der weiße Korbsessel ... Zehn lange Monate waren vergangen, doch ihr schien es, als hätte sie sich gerade eben von Edda verabschiedet und ihr von ihrem neuen Leben in Stockholm erzählt. Sie hatte sich so sehr mit ihr gefreut, auch wenn sie gespürt hatte, dass die Tränen auf Paulas Wangen keine Freudentränen waren. Ihre liebevolle, stumme Umarmung war mehr Trost gewesen als tausend Worte. Paula reckte die Schultern. Vielleicht sollte sie zuerst einen heißen Kaffee trinken, bevor sie sich auf einen Rundgang durch das Haus machte, dachte sie traurig.

In der Küche streifte sie ihre Jacke ab und bemerkte sogleich, dass es ziemlich kühl in dem Raum war. Irgendjemand hatte die Heizung heruntergedreht. Doch für die wenigen Stunden, die sie in der »Dünenrose« zu tun hatte, würde es schon gehen. Auf der niedrigen Anrichte entdeckte sie die alte Kaffeedose. Genau an der Stelle, wo sie im letzten Frühjahr immer gestanden hatte. Plötzlich überkamen Paula wieder die Bilder, wie sie Edda, die mit ihrem dicken Gipsverband so unbeholfen war, unter die Arme gegriffen hatte. An das morgendliche Eierkochen, wie sie Tische eingedeckt und Geschirr gespült hatte. Und die Bilder von Simon, dem sie in dieser Küche so hässliche Dinge an den Kopf geworfen hatte. Schnell schob sie die Erinnerungen beiseite und spähte neugierig in die Dose. Sie hatte Glück. Der würzige Duft von gemahlenen Kaffeebohnen stieg ihr in die Nase.

Ein paar Minuten später hockte Paula an dem kleinen Tisch und nippte an dem belebenden Getränk. Ihr Blick wanderte zum Fenster hinaus. Überrascht stellte sie fest, dass Eddas Garten auch in diesem farblosen Winterlicht zauberhaft war. Die schlanken Kiefern, die sich bedrohlich im Wind neigten, die Rhododendronbüsche, deren Blätter gegen den Frost eingerollt waren, die verlassene, gusseiserne Bank. Wie schön musste es sein, hier mit jemandem zu sitzen, bei Kerzenschein, heißem Tee und selbst gebackenen Keksen. Lachend, schweigend oder in ein angeregtes Gespräch vertieft. Ihr Handy klingelte. Stirnrunzelnd betrachtete sie die Nummer und nahm den Anruf mit einem flauen Gefühl an.

»Mir war klar, dass du früher oder später hier auftauchen wirst.« Vicky stellte den Sanddorngrog vor Paula ab und setzte sich ihr gegenüber. Mit zur Seite geneigtem Kopf musterte die Kellnerin ihren einzigen Gast im Café. Dankbar streckte Paula ihre steif gefrorenen Finger nach dem Glas aus und fühlte die Wärme wohlig durch ihren Körper strömen. Wie im vergangenen Frühjahr würde der Grog sie auch heute trösten.

Einen weiteren verdammten Tag saß sie nun auf der Insel fest. Der Makler hatte den Termin auf morgen verschoben. Ein unvorhersehbarer Trauerfall in der Familie. Er bedaure das wirklich sehr. Wutschnaubend hatte Paula nach ihrer Jacke gegriffen und war zum Wasser hinuntergestürmt. Zwei Stunden war sie den menschenleeren Strand entlanggestapft. Südwärts. Den Leuchtturm im Rücken. Doch wieder einmal hatte sie das raue Wetter an der See unterschätzt. Die dünne Seidenbluse unter ihrer Jacke konnte der klirrenden Kälte, die erbarmungslos von den Füßen bis zu ihrem Nacken hinaufgekrochen war, nicht standhalten, schwedische Gänsedaunen hin oder her. Halb erfroren hatte sie schließlich Zuflucht in Vickys Café gesucht. Aber vielleicht war es auch nur die Sehnsucht nach Simon, die sie dorthin getrieben hatte … zu hören, was er machte, ob er sie vermisste …

»Vicky, bei meinem letzten Besuch auf Hiddensee ist einiges zwischen uns schiefgelaufen. Ich würde die Missverständnisse gerne ausräumen.«

»Für deinen charakterlosen Freund kannst du ja nichts.« Herausfordernd funkelte Vicky sie mit ihren grünen Augen an.

»Jan ist nicht mein Freund«, entgegnete Paula ruhig. »Damals und auch jetzt nicht.«

Vicky lehnte sich auf ihrem Stuhl vor. Gedankenverloren strich sie über den Eichenholztisch. »Entschuldige, du hast ja recht«, sagte sie schließlich. »An dem Abend im ›Klabautermann‹, nachdem du rausgestürmt bist, hat Simon mich beiseitegenommen und mir gesagt, dass Jan kein Kind von Traurigkeit wäre. Ich wusste, dass er verheiratet war. Trotzdem habe ich mich auf ihn eingelassen.«

Paula nippte stumm an ihrem heißen Grog. Was sollte sie auch darauf erwidern?

»Nachdem er mich mit diesem unverschämten Zettel abgespeist und sich auf die Fähre geschlichen hat, bin ich so entsetzlich wütend auf dich gewesen, weil Jan nur deinetwegen hier aufgetaucht ist. Wenn du nicht ausgerechnet auf unsere Insel gekommen wärst, hätte ich diesen Mistkerl niemals kennengelernt.« Vicky hob den Kopf und schaute sie durchdringend an. »Na ja, und irgendwie habe ich mitbekommen, dass zwischen dir und Simon etwas lief, auch wenn er es nie direkt gesagt hat. Aber der Mann kann mir nichts vormachen, wir waren sieben Jahre miteinander verheiratet. Er war sehr verletzt, und ich habe gespürt, dass du der Grund dafür bist. Darum hab ich dich beim Feuer so harsch angefahren.«

»Schon in Ordnung«, versicherte Paula. »Ich hatte das verdient.«

Vicky lächelte mild und strich sich mit der Hand durch ihre kupferrote Mähne. »Ein bisschen.«

Jetzt, dachte Paula, jetzt musst du sie fragen! Wie geht es Simon? Hat er mal von mir gesprochen? Doch sie brachte kein

Wort heraus. Sie hatte Angst. Angst vor dem, was sie vielleicht hören würde. Ihre Tage am Leuchtturm lagen so lange zurück, er könnte längst in einer neuen Beziehung leben. Mit einer Frau, die vertrauen konnte.

»Was wirst du mit der ›Dünenrose‹ machen?«, riss Vicky sie aus ihren Gedanken.

»Ich werde das Haus verkaufen.«

»Das habe ich mir schon gedacht.«

Paula beschlich das Gefühl, in ihrer Stimme einen unterschwelligen Vorwurf herausgehört zu haben. War Vicky sauer, weil sie die »Dünenrose« zum Kauf anbieten wollte? Aber was blieb ihr anderes übrig? Und außerdem war nicht *sie* schuld an der Situation. Sie stellte ihren Grog ab. »Kannst du mir erklären, warum Edda das gemacht hat? Mir ihre Pension zu vererben? Wir kannten uns doch kaum.«

Vicky hob ratlos die Schultern. »Ich bin genauso überrascht wie du.«

Paula seufzte. »Was soll ich mit einer Pension?«

»Betten beziehen, Zimmer putzen, Gäste bewirten …«

»Ich bin Innenarchitektin, Vicky. Tapetenkataloge und Stoffmuster, das ist es, was ich um mich haben muss. Edda wusste doch, wie sehr ich mich auf meine neue Aufgabe gefreut hab.«

»Du wirst schon das Richtige tun. Edda hatte schon immer eine gute Menschenkenntnis«, sagte Vicky und lehnte sich auf ihrem Stuhl zurück. »Ich bin nur verwundert, warum sie Simon nicht bedacht hat. In Kloster sind immer alle davon ausgegangen, wenn sie jemandem das Haus hinterlässt, dann ihm.«

Paula nickte gedankenverloren. Darüber hatte sie die ganze Zeit auch schon nachgegrübelt. Simon war wie ein Sohn für die alte Frau gewesen. Es wäre nur logisch, wenn sie ihm die Pension hinterlassen hätte. Kurz dachte sie daran, Vicky nach seiner Reaktion auf das Testament zu fragen. Doch sie war sich nicht sicher, ob sie die Antwort darauf tatsächlich hören wollte.

»Edda hat die Hälfte ihres Lebens in der ›Dünenrose‹ verbracht«, fuhr Vicky fort. »Das Haus ist so eng mit ihr verbunden ... niemand mag sich vorstellen, was der neue Besitzer damit vorhat. Womöglich ein anonymer Finanzmogul vom Festland, der seelenlose, luxuriöse Ferienapartments daraus macht.«

»Ich muss verkaufen, Vicky«, erwiderte Paula mit fester Stimme. »Ich habe mein eigenes Leben ... einen Job, der mich ausfüllt.«

»Das sollte kein Vorwurf sein. Ich verstehe dich. Aber Edda hätte doch wissen müssen, dass *du* die ›Dünenrose‹ nicht weiterführen wirst.«

Simon würde es genauso wenig tun, dachte Paula trotzig. Ihn hielt es nie lange an einem festen Ort. Das sollte Vicky wohl am besten wissen. Aber das behielt sie für sich. Genau wie ihre ursprüngliche Absicht, nur an jemanden zu verkaufen, der die »Dünenrose« weiter als Frühstückspension betreiben würde. Denn nach Vickys deutlichen Worten überkamen sie plötzlich Zweifel, auf die Schnelle einen Interessenten zu finden, der sein Geld auf diese altmodische Art verdienen wollte.

Die Tür schlug auf, und mit dem kalten Luftzug kam ein hochgewachsener Mann Mitte dreißig in das kleine Café. Auch unter der dicken, blauen Steppjacke zeichnete sich sein muskelbepackter Körper deutlich ab. Im Gehen zog er die grobe Wollmütze von seinem strohblonden Haarschopf und steuerte lächelnd auf ihren Tisch zu.

»Hallo Schatz!« Er beugte sich zu Vicky hinab und küsste

sie auf den Mund. Lang und zart. Ungläubig starrte Paula auf das Paar ihr gegenüber, die sie offensichtlich völlig vergessen hatten. Sie räusperte sich leise, und Vicky drehte sich mit einem Strahlen auf dem Gesicht wieder zu ihr um. »Das ist Tobias. Er hat letzten September bei Fischer Brelow angeheuert. Es war die berühmte Liebe auf den ersten Blick.«

Der Mann hielt Paula seine rechte Pranke hin. Noch immer irritiert, schüttelte sie seine Hand. »Paula.«

»Die Paula?« Fragend zog er seine blonden, buschigen Augenbrauen hoch.

Paula schluckte. War sie so etwas wie die Inselikone? Vermutlich wusste auf diesem Eiland jedes Kind, wer Paula Hennings war.

»Ja, das ist Paula«, antwortete Vicky schnell. »Sie ist gekommen, um Eddas Pension zu verkaufen.«

»Die ›Dünenrose‹?«

Konnte dieser Muskelberg von einem Mann auch etwas anderes als überflüssige Fragen stellen? Welche Pension hatte Edda wohl sonst betrieben? Doch bevor ihr eine passende Antwort darauf einfiel, hatte Tobias seine volle Aufmerksamkeit wieder Vicky geschenkt. »Ich bin eigentlich nur auf einen Kaffee vorbeigekommen, aber wenn du Besuch hast …« Unsicher schielte er zu Paula.

»Ach was, ihr solltet euch kennenlernen.« Vicky sprang auf und drückte Tobias, der verlegen seine Wollmütze zwischen den Händen knetete, mit auf die gepolsterte Sitzbank. Beschwingt lief sie zum Tresen. »Also, zwei Kaffee. Und für dich, Paula: Noch einen Grog?«

»Seid nicht böse, Mädels, aber ich muss morgen früh mit den Hühnern aus dem Bett.« Tobias streifte Vicky einen Kuss auf die Wange und zwängte sich aus der lauschigen Sitzecke im Café. Paula schaute zu der Uhr über dem gusseisernen Kaminofen. Zehn vor fünf. Hinter den Fensterscheiben war die Abenddämmerung längst hereingebrochen. Während Tobias mit der Linken nach seiner Jacke griff, reichte er Paula die freie Hand. »Du bist bei uns auf Hiddensee jederzeit willkommen.«

»Vielen Dank für die Einladung. Wer weiß, vielleicht komme ich irgendwann einmal darauf zurück.«

Er zwinkerte ihr zu und strich Vicky zärtlich eine rote Haarsträhne hinter das Ohr. »Passt auf euch auf.«

Dann verließ er mit polternden Schritten das Café. Euch? Das blonde Muskelpaket hatte in seiner Bitte sicher nicht die Inselberühmtheit eingeschlossen.

»Du bist schwanger?« Paula schaute Vicky neugierig an und nahm den letzten Schluck aus ihrem Glas.

»In der neunten Woche.« Mit einem seligen Blick streichelte sie über ihren Bauch. »Ich weiß, die Schwangerschaft kam schon ziemlich schnell. Aber worauf soll ich warten? Ich bin neununddreißig, und Tobias trägt mich auf Händen.«

»Ich freue mich für dich.« Paula streckte ihren Arm aus und drückte Vickys linke Hand, die auf der Tischplatte lag. Ihre Freude war aufrichtig, trotz des schwachen Ziehens, das sich in ihrer Brust breitmachte. Wer sollte Vicky schließlich besser verstehen?

Paula griff nach ihrer Handtasche auf der Sitzbank. »Es war schön bei dir.«

»Tobias' Endlosschleife an Fischerwitzen hat dich nicht gelangweilt?«

»Ach, von wegen. Ich habe mich seit Langem nicht so gut unterhalten gefühlt«, wehrte sie ab. »Er tut dir gut. Und ich mag ihn. Ehrlich.«

Vicky strahlte. So hell wie das Rot ihrer Lockenmähne. Die Schwangerschaft macht sie noch schöner, dachte Paula.

»Ich hoffe, wir haben in ein paar Monaten auch noch so viel Zeit füreinander«, sagte Vicky und streichelte erneut über ihren Bauch.

»Ich bin auf dem Gebiet wahrlich keine Expertin, aber ich habe munkeln hören, dass Schreiphasen angeblich so schnell vorüber wären, wie sie gekommen sind.«

»Nein, das meine ich nicht.« Um Vickys Mundwinkel legte sich ein angestrengter Zug. »Tobias ist Fischer. Er muss mitten in der Nacht raus, während meine Schicht im Café häufig nicht vor dem Mittag beginnt. Unsere Tagesabläufe sind völlig unterschiedlich. Jetzt konnten wir das irgendwie auf die Reihe bekommen. Aber wenn das Baby auf der Welt ist? So ein Kind braucht einen gleichmäßigen Rhythmus. Wo bleibt die Zeit für Zweisamkeit? Ich werde mir etwas Neues suchen müssen.«

»Du willst das Café verkaufen?«

»Anders wird es nicht funktionieren, ohne dass unsere Beziehung darunter leidet. Einer von uns muss Abstriche machen.«

Paula erwiderte nichts. Sie wusste, woran Vicky dachte. An ihre Ehe mit Simon. Woran sie gescheitert war. *Nicht, dass er keine Kinder wollte,* hörte sie wieder Eddas belegte Stimme in ihrem Ohr, *aber seine Arbeit hatte immer Vorrang. Schlussendlich ist ihre Liebe daran zerbrochen.*

Aufmunternd schaute Paula sie an. »Alles wird sich finden. Mach dir nicht zu viele Gedanken.«

»Tue ich nicht.« Vicky lächelte. »Tobias und ich, wir kriegen das hin. Zumindest behauptet Simon das. Und er kennt mich wohl am besten.«

Simon. Paula spürte ihr Herz klopfen. Schnell und heftig.

Aber vielleicht lag es ja auch nur an dem Alkohol, der durch ihre Adern rauschte. Sie sollte lieber gehen.

»Ich werd dann mal.« Paula stand auf.

»Wann fährst du wieder zurück?«, erkundigte sich Vicky, während sie sich ebenfalls erhob.

»Ursprünglich hatte ich die Absicht, schon heute Abend die Fähre nach Schaprode zu nehmen, doch der Immobilienmakler hat mich versetzt. Er kann nicht vor morgen kommen. Ich werde notgedrungen eine Nacht auf der Insel ausharren müssen.«

Sie schlüpfte in ihre Jacke, schulterte die Handtasche und deutete mit dem Kinn auf Vickys Bauch. »Alles Gute euch dreien.«

»Dir auch.«

Paula ging Richtung Tür. Sie hatte die Klinke bereits in der Hand, als sie plötzlich innehielt. Los, Paula Hennings, frag sie! Frag sie nach Simon! Doch ihre Angst vor der Antwort war zu groß. Ohne sich noch einmal umzudrehen, verschwand sie in den eisigen Wind.

18

Paula drehte das Wasser auf. Eiskalt lief es über ihre Hände. Mist! Neben der abgestellten Heizung gab es ganz offensichtlich auch keinen einzigen Tropfen heißes Wasser in der Pension. Doch diese eine Nacht würde sie schon überstehen. Schnell drehte sie den Hahn wieder zu und strich sich mit feuchten Fingern durch das zerzauste Haar. Und zu allem Pech hatte sie nicht einmal eine Bürste dabei. Egal, dachte Paula gleichgültig. Den Makler brauchte sie schließlich nicht zu beeindrucken, der interessierte sich nur für das Haus. Sie schaltete das Licht im Badezimmer aus und ging nach nebenan.

Inzwischen war es hinter dem kleinen Gaubenfenster stockfinster. Nachdem Paula von ihrem Besuch in Vickys Café zurückgekehrt war, hatte sie eine bleierne Müdigkeit verspürt. Der kräftezehrende Spaziergang am Strand hatte sie ausgelaugt, dazu drehte sich ihr der Kopf von dem Grog. Sie war in ihr altes Zimmer hinaufgeschlichen und sofort in einen traumlosen Schlaf gefallen. Wie lange hatte sie bloß geschlafen? Suchend schaute sie sich um, doch ihr Handy steckte in ihrer Jackentasche. Und die lag unten an der Rezeption. Erst jetzt fiel ihr auf, dass sie noch nicht einmal das Bett bezogen hatte. Paula öffnete den schmalen Wandschrank. Aus ihrer Zeit im Frühjahr wusste sie, dass Edda in einem der unteren Fächer die frische Wäsche aufbewahrte. Und auch jetzt hatte sich nichts daran geändert. Noch nicht. Während sie die kalten Bezüge und Laken herausholte, musste sie wieder an ihr Gespräch mit Vicky denken. *Das Haus ist so eng mit ihr verbunden ... niemand mag sich vorstellen, was der neue Besitzer da-*

mit vorhat. Vicky hatte leicht reden. *Sie* musste nichts entscheiden. Das hatte Edda ihr auferlegt. Warum auch immer.

Mit schnellen Handgriffen bezog Paula das Bett und trat an das dunkle Fenster. Den Küstenwald dahinter konnte sie nur erahnen. Allein das fahle Licht des Leuchtturms glitt schläfrig über die nachtschwarze Insel. Unwillkürlich musste sie lächeln. Simons verblüfftes Gesicht tauchte vor ihr auf, als sie völlig durchnässt an der Finnhütte aufgekreuzt war. Was wäre zwischen ihnen gewesen, wenn sie an dem Tag nicht mit Jan gestritten und sich verlaufen hätte? Vermutlich wäre sie am nächsten Morgen auf die Fähre gestiegen und hätte Simon niemals wiedergesehen.

Ein dumpfes Poltern aus dem Erdgeschoss schreckte sie auf. Sie drehte den Kopf und lauschte mit angehaltenem Atem. Doch nichts. Sie musste sich verhört haben. Paula schlug zitternd ihre Arme um den Oberkörper. Warum hatte sie ausgerechnet die blaue Seidenbluse angezogen? Doch heute Morgen konnte sie nicht ahnen, dass ihr Aufenthalt sich unfreiwillig verlängern würde. Eine warme Strickjacke hatte sie nicht eingesteckt. Sie dachte an Simons schwarzen Fleecepullover, den sie in der »Dünenrose« zurückgelassen hatte. Ob Edda ihr Versprechen gehalten und den Pullover Simon zurückgegeben hatte? Vielleicht lag er ja noch irgendwo im Haus. Schließlich war Simon an dem Morgen nach Schweden gefahren und seitdem vermutlich nicht mehr hier gewesen.

Das Zittern wurde stärker. Sie musste schleunigst etwas gegen die entsetzliche Kälte unternehmen. Sie brauchte ihre Jacke. Eilig durchquerte Paula das Zimmer und stieg die schmale Holztreppe hinab. Auf der vorletzten Stufe blieb sie stehen. Verwundert starrte sie in den schmalen Lichtstreifen, der durch die angelehnte Küchentür fiel. Hatte sie bei ihrem fluchtartigen Aufbruch am Nachmittag vergessen, das Licht auszuschalten? Wieder ein Scheppern. Nur lauter. Jetzt war sie sicher, dass sie sich nicht verhört hatte. Irgendwer schlich im Haus herum! Panisch blickte sie um sich. Sie musste an ihr Handy. Lautlos nahm sie die letzte Stufe und streckte ihre Hand nach der Jacke auf dem Korbstuhl aus, als sie im Augenwinkel einen Schatten im Türrahmen bemerkte. Mit einem lauten Aufschrei wirbelte Paula herum und erstarrte. Simon. Simon Wolff stand in ihrer Küchentür. In grünem Ölzeug und die graue Strickmütze auf dem Kopf. Wie an ihrem ersten Tag auf dem Plattenweg. Ihr Herz schlug bis zum Hals. Vor Angst? Freude? Entsetzen? Ihre Gefühle fuhren Achterbahn.

»Du hast mich zu Tode erschreckt«, entfuhr es ihr härter als beabsichtigt.

»Entschuldige«, sagte Simon sanft. Doch er blieb, wo er war.

Eine gefühlte Ewigkeit schauten sie sich an. Paula versuchte, den Blick seiner blauen Augen, die sie hinter der schwarzen Brille abwartend musterten, zu ergründen. Aber es gelang ihr nicht. Außer Überraschung konnte sie nichts darin finden. Erst jetzt fiel ihr ein, dass er eigentlich gar nicht auf Hiddensee sein konnte.

»Was machst du hier?«, fragte sie ungläubig.

Simon deutete mit dem Kopf Richtung Küche. »Ich habe noch einen Schlüssel für das Haus und wollte ihn für dich dalassen.«

Darum war er also gekommen. Nur, um ihr heimlich den Schlüssel auf den Tisch zu legen. Der dumpfe Schmerz, den sie seit dem Nachmittag in ihrer Brust verspürte, brannte plötzlich höllisch.

»Nein, das meine ich nicht.« Paula versuchte, das Beben in

ihrer Stimme zu unterdrücken. »Warum bist du auf der Insel? Und nicht in Schweden?«

»Das ist eine längere Geschichte.«

»Ich würde sie trotzdem gern hören.« Oh Gott, hatte sie das jetzt wirklich gesagt?

Einen kurzen Moment zögerte er, bevor er leise antwortete: »In Ordnung.«

Paula spürte, dass ihr Herz vor Erleichterung schneller schlug. Als sie sich in der Tür an ihm vorbeidrückte, raubte ihr der Duft seines Eau de Toilette beinahe den Atem. So viele Monate waren vergangen, und doch schien alles so vertraut. In der Küche rieb Paula mit den flachen Händen über ihre Oberarme. Aber sie konnte nicht mit Bestimmtheit sagen, ob nur die abgestellte Heizung daran schuld war oder Simons plötzliches Auftauchen sie so zittern ließ.

»Hast du tatsächlich vor, in diesem Iglu zu übernachten?«, fragte er hinter ihr.

Verlegen schaute sie sich zu ihm um. »Ich muss. Der Immobilienmakler kann nicht vor morgen kommen.«

Sie spürte seinen abschätzigen Blick auf sich. Auf ihrer hauchdünnen Bluse.

»Dann sehe ich wohl lieber mal nach der Heizung.« Simon durchquerte die Küche Richtung Kellertür. »Wahrscheinlich ist sie nur auf Nachtbetrieb eingeschaltet.«

»Möchtest du einen Kaffee?«, rief Paula ihm nach, als er bereits die Treppe hinabgestiegen war.

»Gerne«, schallte es dumpf herauf.

Paula ging zur Anrichte hinüber, um Wasser aufzusetzen. Abrupt blieb sie stehen und starrte verdutzt auf die Sachen, die dort lagen. Eine Packung Eier, ein halbes Brot, Kartoffeln, eine Flasche Milch. Simon hatte für sie eingekauft.

»Das ›Lütt Eck‹ hat zu. Ich dachte mir, du könntest was zu essen brauchen«, hörte sie ihn nun wieder hinter sich.

»Danke.« Paula drehte sich um.

»Hast du Hunger?«, fragte Simon, während er seine Öljacke aufknöpfte und in der Herdklappe nach einer Pfanne suchte.

»Bereits drei Wochen später habe ich Schweden wieder verlassen.«

Paula und Simon saßen sich mit ihren Kaffeetassen an dem kleinen Tisch am Fenster gegenüber. Nur das matte Neonlicht über der Küchenzeile erhellte den Raum. Die leeren Teller standen noch vor ihnen. Paula hatte Simons Omelett regelrecht hinuntergeschlungen. Beinahe hatte sie vergessen, wie fantastisch er kochen konnte. Und wie unheimlich attraktiv er war. Sie schaute ihn über den Rand ihrer Tasse hinweg an und konnte den Blick kaum von ihm lösen. Der dichte Bart und auch die Schläfen schienen grauer, doch Paula fand, dass es ihn nur noch anziehender machte. Er hatte den Strickpullover ausgezogen und saß im hochgekrempelten Jeanshemd vor ihr.

»Plötzlich habe ich mich gefragt, was ich dort oben überhaupt wollte. Mir ist klar geworden, dass ich die Forschungsprojekte all die Jahre vorgeschoben hatte, nur um mich nicht festlegen zu müssen. Auf einen Ort. In einer Beziehung.«

»Immerhin warst du mit Vicky sieben Jahre verheiratet«, warf Paula ein.

»Aber ich habe mich nie richtig auf sie eingelassen, auf ein gemeinsames Leben. Wann war ich schon mal zu Hause?«

»Du bist Meeresbiologe, Simon. Vicky hat gewusst, dass sich dein Arbeitsplatz nicht immer vor der Haustür befindet.«

»Kann der Job ein Grund sein, um keine Kompromisse einzugehen?«

Paula senkte den Blick in die halb leere Tasse in ihren Händen. Sie dachte an ihre Worte, die sie ihm – hier in dieser Küche – an den Kopf geschleudert hatte: *Ich muss mich im Moment voll auf meine berufliche Existenz konzentrieren. Hellström verlangt mir einiges ab. Für eine belanglose Affäre ist da kein Platz.* Es war eine Lüge gewesen, aus ihrer Wut, ihrem Schmerz heraus geboren. Doch Simon konnte das nicht wissen.

»Ich habe in meiner Ehe mit Vicky viel falsch gemacht«, fuhr er fort. »Viele egoistische Entscheidungen getroffen. Du hast mir das klargemacht.«

Ein Funken Hoffnung drängte sich in ihr Herz. Sie hob den Kopf und schaute ihn fragend an. Seine blauen Augen schimmerten trüb. »An dem Tag, als Martin und ich unten auf der Steganlage waren, hast du gesagt, dass du keine Kinder willst und deine Karriere dir wichtiger ist.«

Wieder eine Lüge. Eine Lüge, die sie nur für Jan aufrechterhalten hatte.

»Da habe ich zum ersten Mal gespürt, wie hart mein selbstsüchtiges Verhalten für Vicky gewesen sein musste.« Er drehte den Kopf zum dunklen Garten hinaus. »Denn mit dir konnte ich mir plötzlich all das vorstellen ... ein Zusammenleben ... Kinder. Auf dich hätte ich mich eingelassen, Paula.«

Hätte?

»Doch ohne Vertrauen geht es einfach nicht.«

Alles in ihr erstarb. Hoffnung. Sehnsucht.

Simon wandte sich wieder um, doch er vermied es, sie anzusehen. Ruckartig griff Paula nach den Tellern und ging zur Spüle. Wenn sie beschäftigt war, konnte er ihre Tränen nicht sehen. Abwaschen. Abwaschen war Normalität. Paula ließ Wasser ins Becken laufen. Simon hatte offensichtlich gewusst, was im Keller zu tun gewesen war, denn es war heiß. Sie suchte nach dem Spülmittel im Küchenschrank.

»Wo arbeitest du denn jetzt?«, fragte sie, ihm den Rücken zugewandt. Eine ganz banale Frage.

»Ich habe meine Arbeit im Meeresmuseum wieder aufgenommen. Und die Wohnung in Stralsund hatte ich ja nicht gekündigt.«

Sie hörte das Klappern von Porzellan. Wenige Augenblicke später stand er dicht hinter ihr und stellte die Tassen neben der Spüle ab. Die Wärme seines Körpers schmerzte qualvoll.

»Und? Wie gefällt es dir bei Hellström in Stockholm?«

Überrascht schaute Paula zu ihm auf. »Woher weißt du …?«

»Edda hat es mir gesagt«, antwortete er und griff nach einem Geschirrhandtuch.

Richtig. Hellströms Anruf hatte sie erreicht, nachdem sie Simon auf dem Plattenweg hatte stehen lassen. Bei ihrer Abreise hatte sie Edda davon erzählt. Er wusste also die ganzen Monate, wo sie war. Trotzdem hatte er sich nie bei ihr gemeldet.

»Ich fühle mich in Stockholm sehr wohl. Der Job bei Hellström ist das, was ich immer machen wollte«, sagte sie aufrichtig.

Paula stellte den Wasserhahn ab und griff nach den schmutzigen Kaffeetassen.

»Du liebst deine Arbeit sehr, oder?«

»Zum ersten Mal in meinem Leben habe ich das Gefühl, beruflich angekommen zu sein. Stockholm ist für mich wie eine zweite Heimat geworden.«

Plötzlich lachte Simon leise auf. »Schon komisch, oder?«

»Was?« Paula tauchte die Tassen in das aufgeschäumte Spülwasser.

»Jetzt bist du dort, wo ich unbedingt hinwollte.«

Manchmal folgt das Leben einfach seinem eigenen Plan, dachte Paula traurig. Ohne den, dem es gehört, um seine Zustimmung zu bitten.

»Martin lebt jetzt übrigens in Schleswig-Holstein.«

»Ach?«

Simon nahm die Tasse entgegen, die Paula ihm reichte. Einen flüchtigen Moment lang berührten sich ihre Hände.

»Er hat eine Frau kennengelernt«, sagte er bedeutungsvoll.

»Warum überrascht mich das jetzt nicht?«

Sie schauten sich an, und plötzlich mussten sie beide lachen.

»Er schwört, *sie* wäre die große Liebe«, protestierte Simon gespielt. »Kurzerhand hat Martin am Ozeaneum gekündigt und seine Koffer gepackt. Er arbeitet jetzt in Kiel am Helmholtz-Institut.«

»Na, dann ist er ja nicht der Einzige auf der Insel, der sein Glück gefunden hat«, entgegnete Paula schmunzelnd.

»Du meinst Vicky?«

»Ja, ich habe ihren Tobias heute kennengelernt. Sie scheinen sehr glücklich miteinander zu sein.«

»Er ist ein feiner Kerl«, bestätigte Simon.

»Ich freue mich wirklich für Vicky.« Paula ließ das Spülwasser ab und fügte hinzu: »Für die drei.«

Er lächelte gequält. Die Unbekümmertheit, mit der sie eben noch herumgeflachst hatten, schien verflogen. Simon sah sie durchdringend, fast flehentlich an. »Hast du deine Entscheidung gegen Kinder nie bereut?«

Paulas Magen krampfte sich zusammen. Sie konnte kaum schlucken, so schwer drückte der Kloß mit einem Mal in ihrem Hals. Sollte sie ihn weiter belügen? Nur, weil sein abweisendes Verhalten sie schmerzte? Vertrauen, Paula. Wem, wenn nicht ihm?

»Ich wollte immer ein Kind«, hauchte sie kaum hörbar und ging zum Fenster hinüber. In den schwarzen Scheiben konnte sie Simons verschwommenes Spiegelbild erkennen. »Die Sache mit der Karriere war nur eine Ausrede, um der nervtötenden Fragerei zu entgehen, warum ich denn noch keins hätte. Ich hatte mich an den Gedanken geklammert, Jan würde seine Frau früher oder später verlassen. Für mich. Für ein gemeinsames Kind. Eine Familie war alles, was ich wollte. Leider habe ich erst viel zu spät gemerkt, dass ich einer Illusion aufgesessen war. Und dann hatte ich Angst vor neuen Wunden und habe den Mann, der sich das alles mit mir vorstellen konnte, mit meinem Misstrauen verletzt.« Sie richtete sich gerade auf und drehte sich um. »Vielleicht soll es einfach nicht sein.«

Simons mühsamer Atem erfüllte die Küche. Reglos stand er da und schaute sie an. Eine Minute? Zwei? Das Piepen seines Handys erlöste sie aus der erdrückenden Stille. Aufgeschreckt fuhr er sich über den Bart und griff nach seiner schweren Öljacke, die über einem der Küchenstühle hing. Er holte das Smartphone heraus und überflog die Nachricht. Anschließend zog er seinen Strickpullover über.

»Ich muss«, sagte er leise und ging mit der Öljacke unter dem Arm in den Flur.

Paula folgte ihm. Ihr Blick streifte die Uhr über der Rezeption. Zehn Minuten nach elf. Die »Blaue Anna« fuhr längst nicht mehr.

»Wie kommst du zurück nach Stralsund?«

»Ich werde heute Nacht bei Vicky und Tobias bleiben.« Simon stülpte die Wollmütze auf den Kopf. Sie hatten das Licht in der Rezeption nicht eingeschaltet, nur der schwache Schein aus der Küche drang in den Vorraum. Paula hatte Mühe, seine blauen Augen zu erkennen, die auf ihr ruhten.

»Woher wusstest du eigentlich, dass ich auf Hiddensee bin?«, fragte sie leise.

»Vicky hat mich angerufen, dass du wegen dem Haus gekommen bist.«

Paula nickte stumm. Gern hätte sie Simon nach dem Grund für Eddas Entscheidung gefragt, aber sie hatte Angst, dass er wie Vicky wütend darüber war. Ihr Schweigen schien er als Aufforderung zum Gehen zu verstehen. Er schlüpfte in seine schwere Öljacke. »Alles Gute, Paula.«

Keine Umarmung. Kein Händedruck. Nur drei unverfängliche Worte.

»Das wünsche ich dir auch«, hauchte sie.

Simon fasste nach der Klinke. Doch er zog die Tür nicht auf. »Du wirst die ›Dünenrose‹ verkaufen, nicht wahr?«

Eine Frage? Eine Feststellung? Sie konnte es nicht deuten. Nur die tiefe Traurigkeit in seiner Stimme war nicht zu überhören.

»Es tut mir leid, Simon.« Paula spürte, wie ihr die Tränen heiß über das Gesicht liefen. »Ich weiß nicht, warum Edda …«

»Nicht …« Simon streckte den Arm aus. Seine Finger strichen zärtlich über ihre feuchte Wange. Paula schluchzte auf. Der Schmerz, die Sehnsucht, alles brach aus ihr hervor. Schnell zog er sie an sich und drückte ihren Kopf gegen seine Brust. Sein herber Geruch erfasste jede Faser ihres Körpers, und sie weinte hemmungslos. Sie spürte seinen warmen Atem in ihrem Haar, während er sein Gesicht darin vergrub. Wie lange sie so dagestanden hatten, wusste Paula nicht. Sie wusste nur, dass Simon sie nicht losgelassen hatte, bis das Schluchzen verebbt war. Dann schob er seine Hand unter ihr Kinn. Sanft fuhren seine Lippen über ihr Gesicht und wischten die Tränen fort. Er suchte ihren Mund. Leise stöhnte sie auf und drängte sich an ihn. Eng und fest. Hastig riss er die Wollmütze herunter, nahm die Brille ab und streifte die Öljacke runter. Haltlos und voller Verlangen küssten sie sich die schmale Treppe hinauf. Simon ließ sie erst wieder los, um die Tür in Paulas altem Zimmer hinter sich zu schließen.

19

Die Tür fiel leise ins Schloss. Paula rappelte sich hoch und schlich zum Fenster hinüber. Über dem Küstenwald brach durch die dichten, grauen Wolken gerade die Morgendämmerung herein. Auf dem Grundstück der »Dünenrose« lag eine dünne Schicht aus Eis und Schnee. Zart und noch unberührt. Beinahe, denn auf dem schmalen Pflasterweg, der sich von der Pension wegschlängelte, zeichneten sich dunkle Fußspuren ab. Mit tränennassen Augen folgte Paula ihrer Richtung, bis sie Simons hochgewachsene Gestalt an der Biegung entdeckte. Er zog die Wollmütze tief über die Ohren, den Blick starr geradeaus gerichtet. Dann hatte ihn die Dämmerung geschluckt.

Paula wandte sich ab. Niedergeschlagen ließ sie sich auf der Bettkante nieder und strich über das zerwühlte Laken. Simon war gegangen. Ohne ein Wort. Sie hatte nur vorgegeben zu schlafen, als sich sein warmer Körper von ihr gelöst hatte. Lautlos war er in seine Sachen geschlüpft. Sie hatte es gespürt. Und sie hatte gespürt, dass er sie angesehen hatte. Lang. Sehr lang. Ein Abschied. Doch sie wollte die Augen nicht öffnen. Er sollte den Schmerz darin nicht sehen. Sie hatte gewusst, dass diese Nacht nichts zwischen ihnen ändern würde. Aber ihr Verlangen, ihre Sehnsucht nach Simon war zu groß. Immer noch.

Paula tastete nach ihrem Handy auf dem Nachttisch. Fünf vor acht. Verflixt! Der Makler hatte ihr versprochen, gleich mit der ersten Fähre überzusetzen. Mit an Wahrscheinlichkeit grenzender Sicherheit würde er in einer halben Stunde hier aufkreuzen, und sie saß splitternackt in der »Dünenrose« herum. Dabei hatte sie noch nicht einmal geduscht und ihre Habseligkeiten zusammengepackt. Hektisch sprang sie auf und fasste nach der Bettdecke, um die Wäsche abzuziehen. Abrupt hielt sie inne. Simons Geruch durchströmte ihren Körper. Seine Worte ihre Sinne. *Denn mit dir konnte ich mir all das plötzlich vorstellen ... ein Zusammenleben ... Kinder. Auf dich hätte ich mich eingelassen, Paula.* Frau und Kind. Das war es, was er sich wünschte. Aber nicht mit ihr. Nicht mehr.

Schnell ließ sie die Decke fallen, sammelte ihre Kleidung auf, die verstreut vor dem Bett lag, und eilte nach nebenan ins Bad. Dank Simon hatte sie ja nun heißes Wasser.

Wenig später, nachdem Paula geduscht und auch das Bett in ihrem Zimmer abgezogen hatte, stand sie wartend in der Küche und schaute gedankenverloren zum Garten hinaus, in dem sich ein lieblicher, klarer Wintertag zeigte. Die feine Schneedecke auf dem Rasen glitzerte hell im Morgenlicht. Auf den Blättern der Rhododendronbüsche schimmerten kleine Eiskristalle. Doch Paula musste an den sonnigen, warmen Vormittag denken, als sie dort mit ihrem E-Book-Reader im Liegestuhl gesessen hatte. Edda in lila Gartenclogs und mit einer Zinkgießkanne bewaffnet. Sogar Jan tauchte wieder in ihrer Erinnerung auf, der mit seinem selbstgefälligen Grinsen an der Hauswand lehnte. Und schließlich Vicky und Simon auf der gusseisernen Bank. Die »Dünenrose« war Eddas Leben. Und dieses Haus war voller Leben. Wie in der letzten Nacht.

Plötzlich erinnerte sie sich daran, warum Simon gestern eigentlich gekommen war. Ihr Blick schweifte zu der Kaffeedose hinüber. Der Schlüssel. Langsam ging sie auf die Anrichte zu. Ein Weilchen hielt sie ihn in der Hand und starrte auf das glänzende Metall. Warum hatte Simon den Schlüssel noch immer bei sich gehabt? Er hätte ihn längst beim Notar hinterlegen oder ihr per Post zuschicken können. Doch ihre wirre Grübelei zerstob bei einem energischen Klopfen an der Haustür.

»Darf ich Ihnen einen Kaffee anbieten?«, erkundigte sich Paula und bat Herrn Jansen mit einer einladenden Geste, am Küchentisch Platz zu nehmen.

»Wenn ich so charmant gefragt werde, sage ich selbstverständlich nicht Nein.«

Paula stöhnte innerlich auf, während sie zur Anrichte hinüberging und den Wasserkocher einschaltete. Sie konnte den arroganten Kerl nicht ausstehen. Schon als sie die Tür geöffnet und sein breites Grinsen gesehen hatte, wusste sie, dass sie ihn nicht mochte. Es lag nicht allein an seinem schnittigen Anzug und dem gegelten Haar, das sie unweigerlich an Jan Weller erinnerte. Vielmehr war es dieser herablassende Blick, mit dem er beim Eintreten die Rezeption in Augenschein genommen hatte. Und sein Tonfall gefiel ihr noch weniger. Ordentlich. Gemütlich. Altbacken. Das waren die einzigen Worte, die dieser Heini für Eddas »Dünenrose« übrighatte, als sie mit ihm durch die Räume der Pension gelaufen war.

Das Wasser kochte, und Paula brühte den Kaffee auf. Warum sie plötzlich an Vivienne denken musste, konnte sie sich selbst nicht erklären. Vermutlich war es der Gesichtsausdruck des Maklers, der sie an ihre kleine Kaffeezickerei erinnerte. Mit gerümpfter Nase betrachtete er die Tasse. Ja, der Kaffee ist wie das Haus, Herr Jansen, altbacken.

Der Makler räusperte sich, schob den Kaffee beiseite und tippte auf seinem Tablet herum, mit dem er bei seinem Rundgang ununterbrochen Fotos geschossen hatte.

»Also, Frau Hennings, nach einem ersten Eindruck, den ich

nun bekommen habe, kann ich Ihnen versichern, dass wir für das Grundstück einen hervorragenden Preis erzielen werden.«

Paula zog überrascht die Augenbrauen hoch. »Für das Grundstück?«

»Nun ...«, begann er und ließ das Wort eine Weile in der Küche nachhallen. »Hier drinnen ist ja alles ganz hübsch, recht heimelig ...«

»Heimelig?«

»Sie wissen schon ...« Wieder dieses selbstgefällige Grinsen. »Siebzigerjahre-Charme.«

Paula schnappte nach Luft. Sie musste sich regelrecht zwingen, nicht die Beherrschung zu verlieren. Mit einem herausfordernden Blick schaute sie ihn an. »Das Design der Siebziger ist inzwischen wieder sehr en vogue.«

Herr Jansen schien ihre Empörung nicht zu bemerken und plauderte in routiniertem Maklerton fort: »Natürlich, aber ein paar Veränderungen sind schon vonnöten, Frau Hennings. Fußböden, Bäder, ein wenig mehr Pep im Frühstücksraum. Das ganze Interieur lässt doch sehr zu wünschen übrig.« Sein Blick wanderte zum Fenster. »Und aus dem Garten kann man auch noch einiges herausholen. Der braucht dringend mehr Licht.« Er richtete den Zeigefinger auf Eddas Rhododendronbüsche. »Das Gestrüpp muss weg ... viel zu viel Schatten. Zwei, drei Kiefern weniger wären auch nicht schlecht.« Die maniküre Hand ruckte herum. Direkt auf die Bank. »Und das rostige Unikum da geht gar nicht!«

»Vielen Dank, Herr Jansen.« Paula stand auf. Sie konnte kaum glauben, wie ruhig ihre Stimme klang. »Die Kosten für Ihre Bemühungen dürfen Sie mir gern in Rechnung stellen und an meine Stockholmer Adresse senden.«

»Aber wir sind noch lange nicht fertig ...« Verwirrt schaute er zu ihr auf.

»Doch, das sind wir«, widersprach Paula, den Blick fest auf ihn gerichtet. »Ich werde die ›Dünenrose‹ nicht verkaufen.«

»Ich verstehe nicht ...«

»Sie haben mich überzeugt, Herr Jansen. Mit ein paar Veränderungen lässt sich aus dem Haus viel machen.« Paula hielt kurz inne. »Sie wissen schon ... ein wenig mehr Pep.«

Seine Augen wurden schmal. Er hatte begriffen. »Wie Sie meinen, Frau Hennings. Es ist Ihre Entscheidung.«

Ja, dachte Paula, es ist meine Entscheidung. Und endlich wusste sie, was sie mit Eddas »Dünenrose« machen sollte.

Er schob den Stuhl zurück, griff nach Mantel und Tablet und reichte ihr die Hand. »Auf Wiedersehen.«

»Machen Sie es gut, Herr Jansen«, antwortete Paula und schickte sich an, ihn zur Tür zu begleiten.

»Danke, ich finde den Weg.«

Eine Minute später hörte Paula die Haustür zuknallen. Was für ein alberner Fatzke! Erleichtert atmete sie auf und trat ans Fenster zum Garten. Ihre Augen streiften die gusseiserne Bank. »Die Pension ist kein Haus, das man mit neuem Interieur aufpeppen kann, Herr Jansen«, murmelte sie. Eddas »Dünenrose« war Glück, Freude und Leid. Alles, was das Leben ausmachte. Und mit Leben musste es auch wieder gefüllt werden.

»Ich weiß gar nicht, was ich sagen soll.« Vicky starrte mit aufgerissenen Augen auf das Schlüsselbund in ihren Händen.

»Wie wäre es mit: Danke?«, erwiderte Paula lächelnd.

Nachdem der Makler verschwunden war, hatte sie seine unangerührte Tasse gespült und einen letzten Blick in alle Räume geworfen. Mit einem Mal hatte sie gewusst, was in Eddas Sinn gewesen wäre. Warum war sie nicht gleich auf Vicky gekommen? Sie würde der »Dünenrose« wieder neues Leben einhauchen.

»Aber es ist jetzt dein Haus ...«, widersprach Vicky.

»Ein Haus, das ich niemals mit der gleichen Liebe wie Edda weiterführen könnte. Mein Platz im Leben ist woanders.« Paula berührte ihren Arm. »Du hingegen kannst es. Hast du nicht selbst gesagt, dass du dich nach der Geburt beruflich verändern willst?«

»Ja ...«

»Eine Frühstückspension ist perfekt. Du hast das Kleine ständig um dich, und Tobias und du, ihr könnt zusammen mit den Hühnern aufstehen.«

Ein Schmunzeln huschte über Vickys Gesicht. »Klingt schön.«

»Es wird schön.«

Vicky kaute unschlüssig auf ihrer Unterlippe. »Trotzdem. Du kannst mir die ›Dünenrose‹ nicht einfach so schenken.«

»Warum nicht? Ich habe sie schließlich auch geschenkt bekommen.« Paula spürte, dass Vicky immer noch zögerte. »Aber wenn du nicht willst ... der sympathische Herr Jansen hat vortreffliche Ideen für das Haus ...«

»Untersteh dich.« Vicky lachte leise auf und nahm Paula in den Arm. »Danke.«

Einige Augenblicke später lösten sich die beiden Frauen aus ihrer Umarmung. Vicky deutete lachend zum Tresen. »Darauf müssen wir beide erst einmal anstoßen. Für dich Sekt. Für mich Apfelsaft.«

»Daraus wird leider nichts«, wehrte Paula entschieden ab. »Ich muss zum Fähranleger. Die ›Blaue Anna‹ wartet nicht auf mich.«

»Du willst jetzt zur Fähre? Allein?« Verdutzt schaute Vicky sie mit großen Augen an.

»Natürlich allein. Ich bin schließlich auch allein gekommen.« Genau wie bei Herrn Jansen vor einigen Minuten war Paula überrascht, dass ihre Stimme so ruhig klang. So kontrolliert.

»Aber Simon ... er war heute Nacht nicht bei uns ...«, sagte Vicky stockend. »Ich dachte, du und er ...«

»Das mit uns ist kompliziert.«

»Kompliziert? Eine Frau, die wie ein Häufchen Elend in meinem Café hockt und schon bei der Erwähnung seines Namens tiefrote Wangen bekommt. Und ein Mann, der sofort auf die nächste Fähre steigt, sobald er hört, dass sie da ist. Was soll daran, bitte, kompliziert sein?«

Wie sollte Paula das erklären? Sie verstand doch selbst kaum, was da in der letzten Nacht zwischen ihnen passiert war. »Wir haben geredet ...«

»Und?«

»Die alten Wunden haben Narben hinterlassen«, sagte Paula mit einem unmerklichen Schulterzucken.

Vicky stöhnte auf. »Simon Wolff ist ein unverbesserlicher Sturkopf.«

»Ganz unrecht hat er ja nicht.«

»Womit?«

»Ich habe ihn mit meinem Misstrauen sehr verletzt.«

»Du hast einen Fehler gemacht, aus dem Bauch heraus. Na und?«

»Kopf oder Bauch. Egal, wo die Entscheidung fällt: Ich hätte es fühlen müssen.«

»Aber gehört Verzeihen nicht ebenso zu einer Beziehung

wie Vertrauen?«, warf Vicky ein und strich ihr sanft über den Arm.

Paula lächelte matt. »Liebe hat viele Gesichter, Vicky. Und sie ist manchmal kompliziert.«

Sie zog den Reißverschluss ihrer Daunenjacke hoch und deutete auf den Schlüsselbund in Vickys Händen. »Simon hat seinen Haustürschlüssel für die ›Dünenrose‹ dagelassen. Ich habe ihn dir mit rangehängt.«

»Simon hatte den Schlüssel immer noch?« Vicky schien verblüfft.

»Ja.«

»Mir hat er erzählt, er hätte ihn kurz nach der Testamentseröffnung an den Notar geschickt.« Ungläubig hob sie das klimpernde Bund an.

»Vielleicht hatte er es vor und ist nur noch nicht dazu gekommen«, entgegnete Paula.

»Ich werde wohl nie verstehen, was in diesem Mann vorgeht.« Kopfschüttelnd schob Vicky die Schlüssel in die Tasche ihrer blauen Schürze und fasste Paula bei den Händen. »Danke noch mal, für alles.«

»Macht das Beste daraus, du und dein Tobias«, sagte sie und griff nach ihrer Handtasche, die sie auf einem der Stühle im Café abgestellt hatte. »Sobald ich wieder in Stockholm bin, werde ich über den Notar alle Formalitäten für die Schenkung in die Wege leiten, in Ordnung?«

»Natürlich.« Vicky begleitete sie zur Tür. »Ich hoffe sehr, du kommst auf Tobias' Angebot zurück und wirst uns in der ›Dünenrose‹ besuchen?«

Paula spürte ein schwaches Pochen in ihrer Brust. Zu viele Erinnerungen waren mit der »Dünenrose« verbunden. Zu nah, was geschehen war. »Ich würde es gern versprechen, aber leider kann ich es nicht.«

Vicky nickte verständnisvoll und öffnete die Tür. Die eisige Januarluft rauschte in das kleine Café. Paula erschauerte. Schnell schlug sie ihren Schal um den Hals und drückte Vicky an sich. »Ich wünsche dir alles Gute.«

»Ich dir auch, Paula Hennings.«

Gellend durchbrachen die Schreie der Möwen das Brechen der Wellen. Vom Bodden drang schwach das Signalhorn der »Blauen Anna« herüber, die zur Überfahrt nach Hiddensee abgelegt hatte. Paula hockte zusammengesunken auf einem der niedrigen Hafenpoller. Ihre Hände, steif vor Kälte, umkrallten den Griff ihrer Handtasche. Mit leerem Blick stierte sie auf das graue Boddenwasser. Sie hatte der Insel den Rücken gekehrt. *Was vergangen ist, kommt nicht zurück.* Die Lebensweisheit ihrer Großmutter. Sie hatte immer nach vorn geschaut, nie den verpassten Chancen im Leben hinterhergetrauert. Auch Paula würde nicht zurückblicken. Nicht sofort. Aber irgendwann verblasste die Erinnerung, und es war vorüber.

Frierend verkroch sie sich noch tiefer in die Daunenschichten ihrer Jacke. Vermutlich hatte sie sich gestern bei ihrem Marsch am Strand eine gehörige Erkältung eingefangen, denn sie fühlte beim Schlucken einen kratzenden Schmerz in ihrem Hals. Ein heißer Tee wäre nicht schlecht, dachte Paula. Aber das »Lütt Eck« war auch heute geschlossen. Plötzlich erinnerte sie sich an die Dose mit den Zitronenbonbons, die sie am Flughafen in Stockholm gekauft hatte. Suchend glitten ihre Finger in das Innere der Handtasche und stießen auf Papier. Der Brief. Eddas Brief. Paula holte ihn heraus und starrte auf den Umschlag. Dann riss sie ihn ungeduldig auf, entfaltete das beschriebene Blatt Papier mit zitternden Händen und begann zu lesen.

Liebes Fräulein Hennings,

bestimmt sind Sie überrascht, verwundert, dass ich ausgerechnet Ihnen meine »Dünenrose« hinterlassen habe. Doch nichts geschieht ohne einen Grund, und leider bleibt mir nur dieser Brief, um Ihnen alles zu erklären. Ich fühle, dass meine Zeit allmählich gekommen ist und es noch ein paar Dinge zu ordnen gibt, bevor es zu spät dafür ist.
Ich weiß, meine »Dünenrose« ist bei Ihnen in guten Händen, auch wenn Ihr Platz im Leben nicht auf der Insel ist. Sie werden für das Haus die richtige Entscheidung treffen. Mein Gespür für Menschen hat mich nie getäuscht. Genau wie mein Gespür für die Liebe. Ich habe doch gesehen, wie verzweifelt Sie gewesen sind, als Sie im Frühjahr unsere Insel verlassen haben. Verzweifelt, weil Simon Ihnen nicht verzeihen konnte. Ich bin eine alte Frau, aber ich habe immer noch Augen im Kopf. Simon liebt Sie, Fräulein Hennings! Das Flugticket nach Stockholm hat er längst gebucht. Aber er ist zu stolz, um über seinen Schatten zu springen. Darum liegt es nun an mir, für Ihrer beider Glück zu sorgen. Für die »Dünenrose« gibt es zwei Schlüssel. Einen hat Simon. Seine letzte Verbindung zu Ihnen. Und der andere liegt nun in Ihren Händen. Also, kommen Sie zurück nach Hiddensee. Sie wissen doch: Erst wenn die Dinge geordnet sind, gibt die Insel einen wieder frei.

Ihre Edda

Paula ließ den Brief in ihren Schoß sinken. Das Papier raschelte laut im Wind. Wie gelähmt starrte sie auf die schäumenden Wellen, bemerkte nicht einmal die Tränen, die lautlos auf die Zeilen in ihren Händen hinuntertropften.

Ach Edda, ich habe doch versucht, die Dinge zu ordnen, dachte Paula traurig. Schon im Frühjahr auf diesem verdammten Plattenweg. Aber manchmal reichte es eben einfach nicht, nur zu verzeihen.

Ja, Simon liebte sie. Noch immer. Das hatte Paula letzte Nacht gespürt. In den zärtlichen Berührungen seiner Hände, in der schmerzlichen Sehnsucht seiner blauen Augen. Aber es war vorbei. Wieder hallten seine Worte in ihrem Kopf. *Mit dir konnte ich mir das alles vorstellen ... ein Zusammenleben ... Kinder. Auf dich hätte ich mich eingelassen, Paula.* Ein Leben an Simons Seite, nichts wünschte sie sich mehr. *Doch ohne Vertrauen geht es einfach nicht.* Sie hatte zu viel falsch gemacht.

Allmählich kam die Fähre näher. Paula steckte Eddas Brief ein und wischte sich die Tränen von den Wangen. Auf dem Deck konnte sie die Gesichter der Menschen ausmachen. Ihre sehnsuchtsvollen Blicke, den Glanz in ihren Augen. Der Zauber der Insel wirkte schnell. Wann hatte sie ihn zum ersten Mal gespürt? Sie lächelte. Auf einem grauen Plattenweg zwischen hohen, schlanken Kiefern.

Paula erhob sich. Es wurde Zeit, zum Fähranleger zu gehen. Und es wurde Zeit, die Insel zu verlassen. Entschlossen schob sie den Riemen ihrer Handtasche über die Schulter und setzte sich in Bewegung.

»Wenn du nach Stockholm willst, Paula Hennings, wirst du eins brauchen.«

Sie wirbelte herum. Ihr Herz setzte einen winzigen Moment

aus. Simon! Er stand einfach da, die Arme hinter dem Rücken. Nur ein paar Schritte entfernt.

»Was?«, war alles, was sie über die Lippen brachte.

Langsam kam er näher. »Anständige Kleidung.«

Simon nahm die Arme hervor, in den Händen hielt er seinen schwarzen Fleecepullover. Verwirrt wanderten ihre Augen zu dem Stück Stoff hinunter und wieder zurück. Aber immer noch konnte sie nicht begreifen. Begreifen, wovon er sprach, und dass er vor ihr stand.

»Darum hast du dich heute Morgen klammheimlich davongestohlen ... um den Pullover zu holen?«, fragte sie ungläubig.

Simon machte einen letzten Schritt auf sie zu. Jetzt stand er so dicht vor ihr, dass sie seinen heißen Atem auf ihrem kalten Gesicht fühlen konnte. »Ja, Paula.« Er lächelte. Zum ersten Mal. »Tobias hat mich mit dem Boot nach Stralsund gebracht. Ich dachte, wir sollten nicht ohne ihn fahren.«

»Wir?«

»Wie willst du denn im kalten Stockholm allein zurechtkommen? Du brauchst jemanden, der deine Heizung repariert, für dich kocht und darauf achtet, dass du warm genug angezogen bist.«

»Aber deine Arbeit ...«, stammelte sie.

»*Du bist Wissenschaftler. Du musst dorthin, wo man dich braucht.* Das waren deine Worte. Erinnerst du dich?«

Paula nickte stumm. Wie sollte sie ihre Stunden am Leuchtturm je vergessen können?

»Ich kann in Schweden jederzeit wieder einsteigen.« Er machte eine kurze Pause, ehe er mit einem leichten Beben in der Stimme weitersprach. »Das heißt, wenn du mich noch willst.«

Paula schluckte. Erleichtert. Glücklich. »Simon, ich ...«

Schnell legte er ihr zwei Finger auf die Lippen. »Ich bin verrückt nach dir, Paula Hennings. Bitte schick mich nicht wieder fort.« Er streckte die Hand aus und berührte ihre Wange. Wie eine Welle durchfuhr sie die Wärme seiner Haut. »All das, was du damals am Strand zu mir gesagt hast, will ich doch auch. Du weißt schon, gemeinsam einschlafen, gemeinsam aufwachen. Nicht aus deinem Leben verschwinden.«

Schnell zog er sie an sich und vergrub seine Hand in ihrem offenen Haar. In seinen blauen Augen spiegelte sich der klare Winterhimmel. Wolkenblau, dachte sie noch, bevor seine Lippen zärtlich auf den ihren lagen. Nichts um sie herum nahm Paula jetzt noch wahr, weder das hungrige Kreischen der Möwen noch das Schlagen der Wellen. Nur Simon, der sie fest in seinen Armen hielt.

20

Drei Tage später

Die Postkartenständer klapperten geräuschvoll im Wind. Voller Sorge blickte die Frau aus ihrem Kioskfenster. Über der Insel trieben bleigraue Wolken. So tief, dass sie die Wipfel der Bäume beinahe berührten. Das Gelände des Schaproder Fähranlegers war mit einer dünnen Schneedecke überzogen, die Bänke am Fährhaus verwaist. Am Kai tummelten sich an diesem Morgen nur wenige Menschen, die auf das Schiff nach Hiddensee steigen wollten. Es fühlte sich merkwürdig an, den Hafen im Winter zu sehen. Zu dieser Jahreszeit kam sie nur selten hier raus. Es gab keinen Grund dafür. Der Kiosk war geschlossen, und Knut hatte immer ein achtsames Auge auf ihn. Wenn etwas nicht in Ordnung war, würde er sich schon bei ihr melden. So wie heute, als der Lkw die neuen, voll bestückten Postkartenständer ungefragt vor ihrem Kiosk abgeladen hatte. Auch jetzt noch verspürte sie einen leichten Groll, wenn sie die Schnapsidee ihres Sohnes betrachtete, die der Grund dafür war, warum sie sich bei dieser Kälte auf den Weg zum Hafen machen musste.

»Postkartenständer? Was soll ich damit?«, hatte sie ihn vorwurfsvoll gefragt, als er vor zwei Wochen mit einem dicken Prospekt aufgekreuzt war.

»Du brauchst ein Zusatzgeschäft, Mama!«, lauteten seine verheißungsvollen Worte.

»Wer schreibt heutzutage noch Postkarten? Urlaubsgrüße vom Handy. Das war's.«

»Es geht doch nicht ums Schreiben. Die Leute kaufen sie,

weil es dazugehört. Erinnerungen an Kindheitstage, verstehst du?«

Kopfschüttelnd hatte sie sich breitschlagen lassen. Wie immer. Und nun stand sie hier und wartete darauf, dass er die schweren Ungetüme in den Kiosk holen würde, ehe die Postkarten wie trockenes Laub ins Hafenbecken segeln würden. Doch ihr Sohn war beruflich in Stralsund und konnte erst in zwei Stunden am Fähranleger sein. Wenn ihr Rücken nach dem anstrengenden Marsch nicht so entsetzlich schmerzen würde, wäre sie schon längst fertig damit. Sie richtete ihren Blick in den Himmel. Nicht mehr lange, und es würde schneien. Warum hatte sie nur auf ihren Sohn gehört? Sie brauchte die Dinger nicht. Die Leute, die an ihren Kiosk kamen, wollten Kaffee oder Mineralwasser, Kekse oder Schokolade, und im Sommer auch mal ein Eis. Manche kamen nur zum Reden, andere schwiegen sich aus. Sie hatte immer das, was ihre Kunden wünschten. Und Postkarten hatte sie all die Jahre nicht gebraucht.

Eilig knöpfte die alte Frau ihre Wolljacke zu und schlüpfte durch die Seitentür ins Freie. Erste Schneeflocken perlten auf ihrer Nasenspitze herab. Sie holte die Abdeckplane aus der Aufbewahrungsbox, die sie immer für den Notfall dort aufbewahrte. Und das hier war schließlich einer. Sie ignorierte den ziehenden Schmerz in ihrem Rücken, als sie die durchsichtige Folie über die Ständer streifte. Der stürmische Wind rüttelte unermüdlich an ihnen. Mit größter Anstrengung hatte sie es endlich geschafft. Diese Ungetüme würden wieder verschwinden, dachte sie verärgert, noch in dieser Woche.

Das Signalhorn der »Blauen Anna« ließ sie aufschauen. Die Fähre hatte gerade angelegt, und Knut war bereits dabei, sein geliebtes Schiff zu vertäuen. Ungeduldig standen die Touristen hinter der Reling und sehnten sich danach, endlich von Bord gehen zu können. Das scheußliche Winterwetter spiegelte sich auf ihren Gesichtern wider. Grau und trüb. Mit den Händen strich sie die Folie glatt und betrachtete ihr Werk. Hier würden die Ständer erst einmal sicher stehen, bis ihr Sohn am Abend vorbeikommen und die Ungetüme in den Kiosk bugsieren würde. Noch einmal hob sie den Kopf Richtung Fähre. Alle Passagiere waren von Bord. Nur ein junges Paar stand eng umschlungen an Deck und plauderte mit Knut. Die Frau trug eine Daunenjacke, um ihren Hals lag ein dicker Schal. Ihr offenes dunkelblondes Haar flatterte im Wind. Die Kioskbesitzerin blickte neugierig zu den dreien herüber. Sie hatte sich nicht getäuscht. Es war die junge Frau, die im letzten Frühjahr am Eröffnungstag an ihrem Kiosk gestanden hatte. Verzweifelt und völlig aufgelöst. Doch davon war nichts mehr zu spüren. Sie strahlte. Wie ein helles Licht in diesem Grau in Grau. Voller Zärtlichkeit blickte sie zu dem Mann an ihrer Seite auf, der sie fest in seinem Arm hielt.

Die beiden gaben Knut zum Abschied die Hand. Ohne Eile schlenderte das Paar von Bord. Sie waren angeregt in ein Gespräch vertieft und hatten nur Augen füreinander. Plötzlich blieb die junge Frau auf Höhe des Fährhauses stehen. Hatte sie etwas vergessen? Sie wandte den Kopf und schaute direkt zum Kiosk herüber. Sie hob die Hand und lächelte. Glücklich und voller Zuversicht. Die Insel hatte ihr Leben verändert.